그래! 니 마음대로 해

그래! 니 마음대로 해

초판 1쇄 인쇄 2014년 02월 10일
초판 1쇄 발행 2014년 02월 14일

지은이   정 치 상
펴낸이   손 형 국
펴낸곳   (주)북랩
출판등록 2004. 12. 1(제2012-000051호)
주소   153-786 서울시 금천구 가산디지털 1로 168,
         우림라이온스밸리 B동 B113, 114호
홈페이지 www.book.co.kr
전화번호 (02)2026-5777
팩스   (02)2026-5747

ISBN   979-11-5585-144-9 03810(종이책)
       979-11-5585-145-6 05810(전자책)

이 도서의 국립중앙도서관 출판시도서목록(CIP)은 서지정보유통지원시스템 홈페이지(http://seoji.
ni.go.kr)와 국가자료공동목록시스템(http://www.ni.go.kr/kolisnet)에서 이용하실 수 있습니다.
(CIP제어번호 : 2014003854)

그래!
니 마음대로 해

정치상 지음

booklab

책머리에

여러분이 공감할 수 있는 부분이 얼마나 있는지 그냥 읽어 보세요. 부족한 저입니다. 이 글은 저와 주변 인물들의 이야기를 1인칭 시점으로 풀어낸 것입니다.

저의 글이 명언 같지는 않지만 생각을 한 번 더 할 수 있고, 인생을 되짚어 보는, 그런 시간을 만들 수 있는 계기가 되었으면 하며, 저로 인해 세상이 바뀌는 그날을 희망합니다.

교육의 장이 어디까지인지 학생들만 교육을 받는지, 어린이들만 교육을 받는지, 우리의 교육이 행해지고는 정작 우리 어른들은 얼마나 행하고 있는지 한 번 되짚어 보고 사회 각층에 서로의 위치와 업무가 있을지라도 우리의 국민의식은 목사님이나 스님이나 국회의원님이나 깡패님이나 건달님이나 행하여 보도록 함으로써 우리가 세계의 국민성에서 으뜸이 되어 보고자 짧은 글, 긴 여운을 남기고자 합니다.

성인이 된 사람이라면 우리 이렇게 해 보기로 하시죠! 단락 밑의 물음표는 독자들의 글쓰기 공간으로 비워 두었습니다. 이 책이 또한 독자님들의 책이 되기를…….

목 차

좋은 사람인지 성실한지 모르나
유능하거나 현명하진 않다
20121028

동업? 동업은 아니다. 스카우트다. 함께 일할 인재로. 그 사장님께선 나의 장점을 보고 스카우트를 했지만 그 부분에 대해선 나 스스로도 인정할 수 있을 것이다. 근면, 성실, 솔선수범 이러한 부분들은. 그러나 나의 미흡한 지식과 부족한 재능은 스카우터에게 오히려 실망으로 바뀔 수 있다고 생각한다.

혼자 생각이지만 지금 그분과의 관계가 생이 끝날 때까지 더 나을 수도 있다고 생각한다. 부족한 나지만 그가 삼고초려 한다면 나의 장점만을 살려 도울 수 있겠다만……. 내가 나를 볼 때 좋은 사람, 성실한 사람인지 몰라도 유능하거나 현명하진 않다.

난 어느 정도 어떤 사람에게 인정을 받고 있나?

노래방의 도우미녀

20121030

나는 어느 정도 찌질한가? 노래방에 가서 도우미 아가씨가 내 옆에 앉았다. 날 보는 시선이 예사롭지가 않다. 날 여간 찌질하게 보질 않는다. 괜한 열등감은 아니었던 듯하다. 날 보고는 웃음이 없다. 한심한 나를 한심한 듯 쳐다볼 뿐. 그냥 한 시간을 모니터만 보고 가자는 식인가? 나의 영향력이 이 정도인가? 한심한 나였다.

즐기려고 간 곳이거늘 나의 더 추한 모습을 날 바라보는 도우미녀들의 얼굴에 비친 나의 모습을 보고 느꼈다. 어떤 미남이 그녀들에게 관심을 끌까? 어느 정도 재력가가 환심을 살까? 어느 정도 유머러스해야 웃는가? 그녀들은. 난 암흑가의 초라한 잡초에 불과했다. 그녀들은?

나의 노래방에서 인기는?

꿈속 이야기

20121223

내가 쓰레기와 국민의식과 싸우면서 이 같은 꿈을 꾼 것이다.

어느 추운 겨울, 후배와 시골에 갔다가 서울로 올라오는 길이었다. 우린 휴게소에서 잠시 쉬어가기로 하고 휴게소에 들렀다. 나무 난로를 중앙에 두고 주위를 둘러 의자가 놓여 있었다. 따뜻함을 느끼며 몸을 녹이고 가자고 주위 사람들과 함께 난로 옆으로 옹기종기 앉아 난롯불을 쬐고 있었다. 바로 뒤쪽 유난히도 목소리가 크고 험상궂게 생긴 40대쯤 돼 보이는 양반이 라이터 소리를 '칙칙'거리며 담뱃불을 붙였다.

옆에 있던 일행들이 덩달아 담뱃불을 지펴 순식간에 담배 연기 대여섯 기둥이 솟아올랐다. 흡연 구역에선 내가 피해야 하지만 금연 구역이라면 이 사람들에게 귀띔을 하고자 금연 구역 글귀를 찾았다. 두리번거려서 금연 구역임을 확인하고는 어느 때와 같이 이야기를 하였다.

"저어~ 흡연을 삼가주시겠습니까?"

나의 귀띔을 들은 그들은 잠시 미간을 찌푸리고 담뱃불을 곧장 끌 기세는 아니었다.

"여보세요. 금연구역입니다."

그들은 아직도 담배를 빨고 있었으나 그들 일행 중 리더 격인

한 사람이 먼저 담뱃불을 끄면서 나와 실랑이를 했던 그에게 제법 격앙된 목소리로 꾸짖었다.

"담뱃불 끄라잖아!"

본인도 피우고 있었지만 내가 금연해달란 소리에 끄면서 소리친 것이다. 짐짓 격앙됨은 나로 인해 된 것 같기도 하고 옳은 말을 하는 어떤 나부랭이의 말을 듣지 않는 그로 인해 된 것 같기도 하였다.

끄라는 사람에 의해 담뱃불을 바닥에 놓고 비벼 끄고는 나에 대해 불만을 참지 못하고 난로를 의자로 쳐버렸다. 충격을 받은 난로가 분리가 되면서 자욱한 연기와 함께 순식간에 불이 붙은 것이다. 분리된 난로에서 불꽃이 마치 화염방사기가 목표를 향해 불을 뿜는 모습 같았다.

불집이 순식간에 너무 커서 사람들은 우왕좌왕, 갈팡질팡하였다. 나 역시 당황했지만 소화기를 찾아서 분사호스를 불쪽으로 들이밀었다. 하지만 무엇 때문인지 쉽게 진화가 되지 않았다. 점점 불길이 커지고 있었다. 순간 나는 생각했다. 내가 진화에 앞장서고 있음에도 진화가 되지 않고 더 큰 화재가 되길 바라고 있었던 것이다.

진화하는 것은 나나 모두의 의무인 것이고 더 큰 화재가 되길 바라는 것은 재산 피해나 인명 피해를 가져 오고자 함이 아니고 이 사고의 발단이 어디 있었느냐를 추궁해 사회에 미칠 변화를 생각해서이다. 왁자지껄 인명 피해 없이 나의 힘으로 진화가 됐다.

언젠가 광화문 방화범이 있었다. 사건의 발단은 사회적 불만을 문화적 역사적 유산을 훼손함으로 표출한 것인데 꿈에서 나역시 그러한 생각이 있었는지도 모른다. 지금도 가지고 있는지도……. 하지만 그렇게 하지는 않으리라. 범죄로 연결하지는 않으리라.

내가 생각한 것들을 꿈에서 겪어 보았는가?

가장 싫어하는 먹는 것,
싸는 것, 자는 것, 씻는 것

20121223

내가 가장 싫어하는 게 있다. 먹고 자고 싸고 씻는 것. 또 뭐가 있을까? 그냥 허튼 망상일 뿐이다. 생리현상을 하지 않는다는 것은 시체인 것이다. 내가 싫어할 뿐 안 하는 것들은 아닌 게다. 미각을 잃지는 않았다. 맛을 느낀다. 하지만 허기가 맛을 느끼게 하지 배부른 상태에선 딱히 맛을 느끼지 못한다. 배부른 상태에선 안 먹으려 한다. 맛있는 것이라 할지라도. 배가 고프니 먹을 뿐이다.

싸지 않는다면 얼마나 좋을까? 화장실에 가야 하고, 엉덩이를 조이는 듯한 구멍에 몇 분을 있어야 하고(참고로 저자는 변비, 치질이라 10분 이상은 앉아 있는 듯), 냄새를 모아서 맡는 듯하고, 끝나고 내용물은 왜 그리 살펴보는지. 내 것은 욱 하지는 않는다만 공중 화장실에 갔는데 전 사람의 내용물이 고스란히 있노라면 왜 그리 더러울 수 없는 건지.

23평 아파트에 화장실이 2~3평 되려나? 그럼 화장실이 두 개씩 있는 평대에선 얼마의 자리를 활용할 수 있겠나? 아마 옛 시골에서는 집 한 채가 더 생길 것이다. 시골에는 화장실을 집으로 짓는다. 한쪽에다.

자는 것. 자지 않는다면 부족한 나를 더 채울 수 있을 텐데 채울 수 있을 시간에 자야 하다니 그것도 졸릴 때 자는 건 그나마 괜찮다. 그러나 졸리지 않는데 내일을 위해 자는 건 뭐냔 말이다.

씻기는 더더욱 싫은 듯하다. 그래서 겨울엔 자기 전에만 샤워를 한다. 일전에 같이 있던 친구는 씻는 걸 좋아해 하루에 최소 두 번, 두 번 이상을 씻더라만. 씻으러 가야 하고, 옷을 벗어야 하고, 비누칠을 거품 타월에 해야 하고, 빡빡 문질러야 하고, 양치를 하고, 면도를 하고, 머리를 감고, 발가락 사이를 씻어야 하고, 몸 구석구석 얼마나 많은 손이 가냔 말이다. 그렇지만 씻지 않으면 가렵고 냄새가 나기 때문에 울며 겨자 먹기 식으로 씻는 것이지 정말 씻기 싫다.

내가 가장 싫어하는 것은?

박명수의 음반이 얼마나 팔렸나?
나의 책은?

20130107

한때 개그맨 박명수가 주변 인물들에게 짠돌이라고 방송이 나온 적이 있다. 박명수가 말하기를 "나는 짠돌이가 아니다. 조금씩 절약해서 내가 하고픈 음반을 내고 내가 이루고 싶은 것을 하기 위해서이다."라고 반문을 하였다.

본인의 음반이 얼마나 팔렸는지는 조사해 보면 나오려나 모르겠소만 그의 음악 앨범을 소장하는 것 자체로 본인은 이윤을 떠나서 도전이고 인생에 있어 자신만의 결과물인 점은 높이 살 만하였다.

내가 이 책을 쓰는 것은 현재 싸이처럼 온 세계에 영향을 미치고 싶다만 그러하기는 쉽지 않음을 알고도 도전함이다. 그리하여 내가 전하고자 하는 뜻을 싸이가 10억뷰 이상 이뤘듯이 더 이상 이루어 전파를 타고 그리되기를 염원하는 큰 뜻에서 이렇게 부족함을 무릅쓰고 책을 출판하는 바이다.

나의 성과물은?

바둑

나의 바둑 실력은 10급 정도 된다. 1급 정도 되는 형님이 있다. 4점 접바둑(4점 놓고 시작하는 것)을 둔다. 비슷한 듯하지만 매번 진다. 그래서 바둑책을 보고 있다만 쉽사리 늘지 않는다. 하고픔은 있으나 의욕이 넘치지는 않는 모양이다.

다른 종목들도 마찬가지인 것 같다. 친구들과 당구를 쳐도 매번 지면 배우고픔은 있으나 막상 실천이 되지는 않는다. 아! 당구, 바둑, 골프, 낚시, 볼링, 스키, 수영, 탁구, 배드민턴, 테니스, 패러글라이딩, 스킨스쿠버, 볼더링, 승마, 핸드볼, 배구, 축구, 짜증 나는가? 씨름, 크크크. 모든, 뭐든……. 장기, 여러 나라의 말.

내가 더 배우고픈 것은?

화분 가꾸기

20130129

죽어가는 산세베리아를 옮겨 심었다. 그것은 잎사귀가 열 개 정
도 있었으나 일곱여 개가 말라 있었던 것을 옮겨 심은 것이다. 큰
화분에 작은 산세베리아를 심으려니 흙의 양이 너무 많은 것 같았
다. 그리하여 화분 바닥에 몇 개의 자갈을 깔고는 페트병(PAT)을 넣
어서(페트병이 썩어 흙이 되는 시간이 50~60년이 된다기에 그 동안
모진 화학 성분이 분출되지 않기를 바라며) 공간을 채우고 밤송이
를 더 넣은 후에 흙과 모래를 배합하여 분갈이를 했다.

며칠 동안 물을 주고 정성으로 키우니 새순이 나는 것이었다.
뭔가 자식을 키우는 보람이랄까? 그 후 다시 예 일곱 개의 새순
이 더 난 것이다. 그리고 혼자 외로운 것 같아 단풍 묘목을 심어
주고 소나무를 심어주고 감 씨앗을 묻어 주었다. 가족이 형성된
것이다. 그러나 산세베리아를 남기고 모두 죽었다. 나의 불찰인
지 너무 안타까웠다. 그 후 묻어 두었던 감 씨앗에서는 다시금
새싹이 났다. 나의 관심 속에 나와 얼마까지 생을 같이할지 두
고 보자 정성을 쏟고 있다.

내가 가꾸는 화분은?

나의 나이는?

20130202

친구의 소개로 소개팅을 갔다. 나는 10년쯤 어려보이는 얼굴이다. 그리하여 10년 어리게 소개를 하고 소개팅을 나갔다. 내 나이 서른다섯! 다섯 살 차이라고 거짓을 숨기며 스무 살 어린 친구를 만났다. 만나서 내 나이가 생각보다 들어 보인다고는 했지만 스물다섯으로 보았다.

그리하여 우리는 며칠을 만나고 몇 달을 만나고 몇 년을 만났다. 나를 숨기며……. 나는 너와 열다섯 살 차이라는 사실을 숨긴 채 말이다. 처음에 의심을 하였다만 그 이후론 친해지며 나이에 대해 물어보질 않았다. 조금의 불신은 있었을 테지만 서로 믿고 만났던 것이다.

그 후로 우린 결혼을 하였고 다시 말하자면 내가 사기 결혼을 한 것이다. 하지만 그녀는 사기를 사기로 생각지 않고 이벤트로 생각하며 앞으로의 앞날을 설계하며 즐겁기만 하였다. 거짓은 거짓을 낳지만 어느 정도의 거짓은 환심을 살 수도 있음을 알았다. 인생이 이러하더라.

나의 현재 나이는?

성 상품?

20130310

여자들 몇몇이 알지는 의문이다. 남자 화장실에 가 보지 않으면 모를 것이고 가 봤다면 알 것이다. 그것도 그 남자 화장실! 그 남자 화장실을 가 본 여자는 그 남자 화장실을 청소하시는 그분만이 아실게다.

성(性) 상품을 한다는 것은 어찌 보면 인권침해이고 어찌 보면 산업 효과이기도 한 듯하다. 사회적으로 깊이 들어가면 영화에서 어느 정도까지가 심의를 거칠 수 있는지, 성을 표현하되 논란이 되는 부분을 삭제하는 것은 어디까지 가능한지······.

하지만 보이는 것을 보고 느낌을 말하자면 서두에 말한 그 남자 화장실에 대해서 말하고자 하는 것이다. 야릇한 여자 실물 크기의 사진을 남자 화장실 변기 쪽에 부끄러워하는 표정, 뭔가를 보고 놀란 표정, 손가락 사이로 보는 표정을 벽화(?)로 만들어 놓았다. 이것은 성 상품이 아닌가? 여성들은 남자화장실에 대해 얼마나 아는가? 혹 모르지, 여자 화장실에는 남자의 무엇이 손잡이로 되어 있을지.

여자 화장실은?

옆방의 신혼? 연인? 잠 못 이루는 나

20130310

아…… 때를 가리지 않고 신음소리가 들린다. 옆방에서 나는 소리이다. 시끄럽지는 않다. 다만 흥분될 뿐이다. 언제나 혼자 있는 나인데 겨우 컴퓨터 섹스 동영상이나 보며 지내는 나인데 이런 소리에 괜히 귀 기울이며 상상한다. 그녀는 어떠할까? 예쁠까? 키가 클까? 날씬할까? 가슴은 어떻게 생겼을까? 얼마나 좋아할까? 눈은 뜨고 있을까? 손은 어디에 있을까? 다리는 하늘을 보고 있을까? 아님 꼬고 있을까? 아님 앉아 있을까?

오랜 시간 소리가 끊이지 않는다. 그냥 멍하니 벽을 보고 있다. 그냥 곰곰이 생각하고 있다. 나의 그녀는 어디에 있을까? 난 그냥 혼자 지내야 하는가? 나의 그녀는? 나는?

내 방은?

만남

20131205

난 휴일에 여기저기 다니기를 좋아한다. 선배님들, 형들, 선생님들, 친구들을 찾아뵈면서 인맥도 넓히고 만남의 재미도 찾곤한다. 만남의 어떤 특정 이유는 없는 듯하다. 찾아다니며 여행하듯 다니길 좋아한다. 그런데 정녕 후배들, 동생들은 찾아간 적이 없었던 듯하다. 이후엔 아랫사람들도 종종 인사를 나누러 가겠다.

나는 사람 만나기를 얼마나 하는가?

저 사람 잡아요! 주위의 반응

20130203

누군가 소매치기를 했을 때 당한 사람이 "저 사람 잡아요!"라고 하면 주위에선 어떤 반응이 나타날까? 건장한 정의로운 이는 그 사람을 잡으려 노력할 것이고, 건장한 이는 도와서 잡으려 할 것이고, 왜소한 정의로운 이도 잡으러 갈 것이고, 그냥 왜소한 이는 도울 것이고, 여성은 신고나 동영상 촬영을 할 것이고, 어린 친구들은 그것을 보고 나쁨과 착함을 보고 느끼며 배울 것이고……. 나는?

나는?

더위는 짜증, 추위는 고통

20130513

추위를 싫어하는 나는 말한다. 둘 다 싫다. 그렇지만 정도를
말하자면 더위는 짜증이고 추위는 고통이다. 이곳에서 더위는
어느 정도 양산으로 가리면 된다지만 추위는……. 추위도 껴입
으면 되는구나. 그렇게 껴입지 않았었구나. 난 어찌 되었건 추위
는 고통으로 다가온다. 더위는 짜증! 추위는 고통!

나에게 더위와 추위는?

나를 더 노출하고 그를 더 이해하고

20130522

내 전화기에 전화번호는 몇 개가 있는가? 그중 어느 정도와 연락하고 있는지 생각해 본다. 내가 더 다가가면 그도 날 반길 텐데 내가 왜 더 다가가지 못하는가? 이게 나인지 모르겠다. 친구 녀석을 보게 되면 나에게 잘한다. 나도 그 친구가 좋다. 보니 그 친구는 모두에게 잘하려 든다. 내가 못하는 것을 하는 친구를 보니 기특하더라.

나는 얼마나 연락하는가?

공자의 가르침

공자

태어난 때	BC 551
태어난 곳	노(魯)
죽은 때	BC 479
죽은 곳	노나라.
소속 국가	중국
소속 국가	노(魯)
직업	사상가

공부자(孔夫子)라고도 한다. 본명은 공구(孔丘). 자는 중니(仲尼). 그의 철학은 동아시아에 깊은 영향을 끼침. 공자는 3세 때 아버지를 여의고 말년에 "나이 15세에 학문에 뜻을 두었다"(十有五而志于學)고 회상. 19세에 가정환경이 비슷한 여인과 결혼.

공자는 6예(六藝)—예(禮)·악(樂)·사(射: 활쏘기)·어(御: 마차술)·서(書: 서예)·수(數: 수학)—에 능통, 30대에 훌륭한 스승으로 이름을 날리기 시작. 40대 말과 50대 초에 이르러 중도(中都)의 장관으로 발탁. 56세에 공자는 주위의 사람들이 자신의 정책을 지지하지 않는다는 것을 깨닫고 다른 나라를 찾아가기도 함.

실제로 공자는 자기 자신이 성공할 수 없다는 것을 잘 알고 있으면서도 자신의 신념으로 실행에 옮김을 실천함. 67세에 고향으로 돌아와 제자들을 가르치며 저술과 편집에 몰두하면서 고전의 전통을 보존하는 일에 열중. BC 479년 73세의 나이로 생을 마침.

-내가 하기 싫은 일은 남에게도 시키지 말라. 그도 그러할지니.

-멀리서 친구가 와서 같이 공부를 하니 그 어찌 즐겁지 아니한가? 멀리서 친구가 와서 같이 있어 그 어찌 즐겁지 아니한가? 이 말을 듣고부터 같이 있음에 즐겁더라. 바둑을 두며 대화를 같이 나누는 건 어떠냐고 친구에게 물으니 친구 왈, 같이 있으며 한 수 한 수로 대화를 하는 게 아니겠는가. 친구들 계 모임을 하는데 모임을 하는 그 친구네 집을 품앗이로 대청소를 하며 다음 우리집 또한 대청소를 나의 감독하에 진행하며 시간을 보내도 좋으리라 생각한다. 좋은 친구는 같이 있는 것만으로도 좋은 것이다. 대화가, 스킨십이, 먹거리가 있어야만이 아닌게다. 같이 있는 것만으로 좋으리라.

백두대간

백두대간이라 함은 백두산에서 시작하여 금강산, 설악산, 태백산, 소백산을 거쳐 지리산으로 이어지는 큰 산줄기를 말한다. 우리나라의 척추라 할 수 있는 산맥이다.

하루에 두 여자

20130704

어제 저녁, 그녀와 행복한 시간을 보냈다. 아침을 같이 맞이하였다. 저녁에는 다른 그녀와 행복한 시간을 보냈다. 사실 그녀도 그러하였다.

나는 담배꽁초를 버리는가?

버리지 말라고 말하는 나는 담배꽁초를 버리는가? 교차로 횡단보도 정지선을 지키자고 말하고는 나는 지키는가? 범죄라고 공포(公布)된 것들을 할 때 정녕 알고 한 것인가? 모르고 한 것인가? 알았을 시 무슨 연유로 행하였나?

나는 어떠한 범죄를 저질렀나? 너는? 나의 지인들은? 그 정도(程度)는?

위조지폐

말하고픈 것은 위조지폐가 아니다. 학력 위조 자격증 위조이다. 연예인 모 씨가 학력 위조를 한 적이 있다. 그도 그럴 것이 사람들이 능력을 보지 않고 학력을 보기에 그러하였는지 모른다. 위조된 것을 알기 전에는 그 사람이 그 학력의 소유자로 보았지만 위조됨을 알고 능력 이하로 보는 것은 학력으로 평가받기에 그러한 것이라 생각한다. 그러한 학력이 없더라도 능력이 이상이면 그리 보면 될 것을……

나의 숨김은 무엇이 있나?

내가 생각하는 야구장, 축구장 건축

20120710

일전에 이런 광경을 본 적이 있다. 산을 깎는다. 아주 드러냈다. 이렇게까지 하지 않고 앞으로는 내 식으로 축구장, 야구장, 돔을 짓자. 잘생긴 산, 신비스러운 산을 아무것도 없이 평지를 만드는 광경을 보았다. 이제는 그 산을 머리만 살짝 치고 깔때기 모양으로 경기장을 만드는 것이다.

우리나라 산이 70%라고 초등학교 때 배웠는데 지금은 어떤지 모르겠다. 그 산을 개발하더라도 지구의 살을 아주 떼어 내서 다시 덧붙이지 말고 말이다. 머지않아 내가 축구장을 지으면 이렇게 지을 것이다. 그전에 누가 이렇게 짓는 날도 머지않으리라.

내가 생각하는 건축은?

아름다운 인생, 살아가는 인생

인생 이거 아름답습니다. 인생 이거 정말 기막힌 겁니다. 이렇게 즐겁게 살 수 있다는 것이 얼마나 행복합니까. 난 오늘도 웃으며 하루를 보냈지만 더더욱 재미나는 건 내가 하고 싶은 게 있을 때 하면 된다는 겁니다. 축구장에서 담배꽁초를 다섯 개 주웠습니다. 오늘 어르신의 자동 휠체어를 계단으로 올려드리고 그 뒤로도 500여 미터를 같이 가며 안내해 드렸습니다. 알고 지내는 선후배님들을 만나 술이 떡이 되도록 마셨습니다. 그런 절 안내를 해주시는 선후배님들이 계십니다. 일 년에 등산도 한 번 할 수 있고 겨울에는 스키나 눈썰매를 탈 수 있고 여름에는 수영장 해수욕장의 인파에 묻힐 수 있는 제 인생이 너무나 아름답다고 느낍니다. 자동차를 타고 가고픈 곳을 가는 저는 행복에 취해 사는 놈입니다. 하늘을 보았나요? 전 짙은 뭉게구름을 좋아합니다. 구름에 종류가 21가지라는 것을 아는 사람이 몇이나 있겠습니까.

부모님을 생각할 수 있습니다. 친구도 만들 수 있습니다. 이 세상은 내가 하고픈 대로 하는 것입니다. 앞 뒤 없이 씀이 머리 아프지 않습니다. 후후, 웃으니 웃기군요. 억지로 웃는 것도 뭐,

좋다고 합니다. 하하하! 호호호! 헤헤헤! 등등 즐거운 삶, 즐거운 인생을 살아갑시다. 인생 이거 즐거운 거거든요.

나의 인생은?

양보에 대한 나의 생각

차를 운전할 때 끼어들기가 없어지는 것은 힘들다고 생각한다. 끼어들기 단속이 있지만 그 효과는 한정적이다. 두 차선이 한 차선이 되는 곳에서는 그 입구까지 두 차선을 인정해도 되지 않나 생각한다. 나 역시 끼어들기를 번번이 하기에……. 합류지점에서의 끼어들기가 아닌 양보로 승화시켜 보자는 것이다.

대중교통에서는 대표적으로 지하철에서 사람이 먼저 내리고 타는 것이 기본적인 양보라고 할 수 있을 것이다. 엘리베이터도 마찬가지다.

내가 생각하는 양보는?

지하철 자리 양보, 부끄러운 노약자석

20130227

지하철에서 자리를 양보하는 것이 드문 사례가 됐다. 시골 출신인 나는 우리끼리는 까불거리며 장난쳐도 친구 어머니, 아버지, 친구 할아버지, 할머니를 보면 자리 양보를 배운 대로 행했다. 시간이 지난 이곳 서울에선 부끄럽게도 노약자석을 지정해 놓았다. 그 노약자석이 아니라면 양보는 없는 것이다. 물론 아니 그런 이도 있다만……

그 어떤 자리를 앉아도 우리가 배운 대로라면 양보를 할 터이지만 요즘은 무릎 위에 핸드폰, 고막 앞을 이어폰으로 가려 내 앞에 누군가 있음을 알 수가 없다. 보려 하지도 않는 듯하다. '이곳은 노약자 임산부 장애인석이니 너희들은 앉지 마라'란 문구가 있어야 그곳을 양보(?)하지 내 앞에 그분들이 있으면 보질 못한다. 고개를 들라. 그리고 관찰하라. 내 앞에 양보해야 할 이가 있으면 아름답게 양보하리라.

조금 더 시간이 지나 동방예의지국의 면모를 흉내 내려면 주민증 번호대로 우선권을 가지는 피치 못할 시대가 올 것은 아닌가 모르겠다. "이보시오, 난 80년생인데 당신은 80년 후반대인 듯싶소." 그리하여 로또 번호 맞추듯 주민증 번호를 맞혀 자리 확보에 우선권이 생기지 않을지…….

나는 자리 양보를 하는가?

똥과 에너지

20130106

한번 생각해 보았다. 똥은 어디까지가 똥인지. 음식물이 들어가면 입에서부터 에너지인지 식도에서부터 에너지인지. 소화기관 어디까지가 에너지인지. 나온 똥은 똥일 것이고 나오지 못한, 못 나온 똥은 어디까지가 똥이며 어디까지가 에너지일까? 똥을 누다가 똥을 자르며 생각해 봤다.

내가 생각하는 똥의 위치는? 에너지의 위치는?

밥해주는 여자, 해준 밥 먹는 남자

20130106

아, 휴일이다. 약속이 없다. 충전 중이다. 에너지가 없다. 움직이기 싫다. 방전될 듯하다. 누군가 온다. 도시락을 싸 왔다. 시장이 반찬이다. 김치가 짜다. 짜다 말을 못 했다. 국이 짜다. 짜다 말을 못 했다. 너무 맛있었다. 인생에 희로애락(喜怒哀樂)이 함께하듯 맛있음과 짬이 함께했을 뿐이다. 고마움으로 묵묵히 먹었다. 너무 맛있음에 짬을 추가했을 뿐이다.

내게 밥해주는 여자는? 얼마의 고마움을 느끼는가?

금지된 사랑, 사랑? 쾌락? 양다리? 불륜?

20120918

영화 〈올드보이〉를 보면 사랑을 나눴는지 모른다. 남매가 사랑을 나눌 수 있는가? 남매가 사랑을 나눈 것을 이야기한 사람을 복수하는 과정에서 최면술을 걸어 자기 딸과 사랑을 나누게 된다. 그것은 이뤄질 수 없는 사랑이다. 부모와 자식의 사랑이지 연인끼리의 사랑이란 사랑은 될 수 없다.

쾌락? 쾌락은 사랑으로 분류할 수 있을까? 쾌락을 무엇으로 정의를 하나? 쾌락? 양다리? 노랫말에 '같은 편지 적어 보냈지 며칠 후에 날벼락이 떨어졌어. 겉과 속의 이름 틀려 썼나 봐' 점심은 그녀와 먹고 오후는 그녀와 데이트하고 저녁은 그녀와 먹고 아침은 그녀와 맞이하고 다음날은 때와 장소만 바뀔 뿐. 이런 것들은 쾌락인가? 사랑인가? 모르는 그녀는 내 남자는 내 남자라고 믿고 있을 터인데 이 남자는 이 여자를 사랑으로 만나나? 쾌락으로 만나나?

불륜은 왜 이뤄질까? 어떻게 가정을 가졌지만 다른 남자, 다른 여자를 만나는 걸까? 도대체 내 남자와 이 남자는 무엇이 다른가? 정당하게는 이혼을 하고 이 남자를 만나면 된다. 그것은 다시 사랑이라 말할 수 있을 것이다. 그러나 이혼을 선택하고 이 남자를 만나는 것은 꺼려한다. 그것은 예측컨대 든든하게 지키고 있는, 무뚝뚝하게 버티고 있는, 보살핌은 부족한 내 남자이지만 현실을 유지하고 다른 사랑을 찾는 게 아닌가 한다. 그러나 무엇과 바꾸고 인생의 오점이라 여겨지는 이혼을 하고 새로운 사랑을 찾는 건 쉽사리 행하기 힘듦이기에 불륜으로만 느낄 수 있는 표현 어려운 만남을 갖는 게 아닌지 추측해 본다. 내 남자에게 와서는 아닌 척, 아무 일 없었던 듯. 그러나 내게 가장 쾌감을 느끼게 하는 만남. 이것은 이루어질 수 없는 사랑이라 말해 두자. 그렇지 않으면 동물이거늘.

난 인간인가? 동물인가?

설날 연락처에 있는 지인들 연락하기

20130212

지인들에게 연락을 하는 것은 쉬운 일인가? 힘든 일인가? 지난 추석에 형식이 지배(?)하는 안부전화도 아닌 안부문자를 쏘았다. 답이 그렇게 많이 오지 않는다. 성탄절이 6일 지나고 새해가 밝았다. 안부문자를 띄웠다. 답이 많이 오지 않았다. 설날이 왔다. 안부문자를 해야 하나? 스스로에게 자문하였다. '새해에 보냈는데 설날에 또 보내는 건 성가시게 하는 것일까?' '새해에 보냈으면 됐지 뭘 또 보내?'

나의 심정은 어떤 것이지? 이것 또한 동전의 양면성인가? 산은 산이고 물은 물인가? 나와 관계가 밀접하지 않으면 성가실 것이고 그렇고 그러하면 그냥 그러할 것이고 제법 친하다면 기특할 것 같다. 며칠 전 만난 그 형은 연락을 해야 하나? 몇 년 전 만난 그 누나는 연락을 해야 하나? 전 직장의 동료들은? 군 선후배는? 이건 인맥 관린가? 나의 도리인가? 답이 없는 듯하다.

내가 추석, 새해, 설날에 연락하는 이는?

친구의 이혼

20130213

친구가 이혼을 했다. 나는 결혼도 하지 않았다. 결혼의 느낌도 모르는데 이혼을 어찌 알까마는 친구가 힘들어 하는 것을 보고 나도 조금 전이(轉移)되는 것 같았다. 친구의 아들을 여자 쪽에서 키우고 시간이 지나 이놈도 연민(憐憫)을 느껴 아들을 바라보았다. 어떤 연유에서인지 양육권은 여자 쪽이었고 이놈이 며칠을 아들과 지내면서 날 닮은 아들과 같이 있고 싶은 마음이 굴뚝이라 하였다. 녀석은 며칠을 아들 녀석과 보내고 엄마 쪽으로 데려다 주는 길에 보이지 않는 눈물을 글썽였다 한다.

이 친구의 눈물이 어느 정도인지 슬픔이 어느 정도인지 내가 알 수는 없다. 하지만 술잔을 기울이며 입술을 부르르 떨고 말을 잇지 못함에 그의 슬픔이 와 닿았다. 이 친구는 얼마의 용서를 하고 용서를 받아야 재결합을 할 수 있겠는가? 그는 영원히 한 아이의 아빠이고 그녀 또한 한 아이의 엄마로 살아야 하는 걸까? 생각이 깊어지지만 골프 같은 이야기이다. 바둑 같은 이야기, 마라톤 같은 이야기다. 인생 같은 이야기다.

내가 생각하는 이혼은?

나의 아령

20130223

나에게 아령이 있다. 그 아령은 50kg이다. 50kg이지만 나눠서 사용할 수도 있다. 내가 팔굽혀펴기를 할 때면 내 위에다 올려놓고 앉아 일어서기를 할 때면 목말을 태운다. 양팔로 아기를 안듯, 연인을 안듯 안고는 팔 운동을 한다. 양팔로 팔씨름을 하게 하고 내가 반듯이 누워 어린아이 비행기 태우듯 발 위에 올리고 하체를 단련한다. 그 아령은 나의 여자 친구이다. 나의 아령은 골프백이다.

나의 아령은?

말을 높이다, 낮추다

20121216

대인관계를 하다가 서로가 생각함이 다를지어다. 난 아랫사람을 만났을 때 말을 쉽게 놓지 않는다. 그러나 나의 친구는 말을 쉽게 놓는다. 여기서도 산은 산, 물은 물이 통하는 상황이다. 나는 나고 친구는 친구인 것이다.

그럼 여기서 이 두 사람을 두고 내가 아랫사람이 되어보자. 난 생각할 것이다. 며칠이 지났음에도 말을 놓지 않는 사람과 며칠이 안 됐음에도 쉽게 말을 놓는 사람이 있다. 전자를 보자면 '아, 이 사람은 나를 어렵게 생각하는 것일까? 아님 예의를 갖추는 것일까? 이 정도 시간이 지나고 내가 형님이라 했으면 "그래 동생, 편하게 지내보세"라고 할만도 한데 지금까지 벽이라 생각이 드는 존칭에 존댓말을 쓰니 내가 여간 불편하지 않군.'

그리고 후자를 볼 때 '음, 이 사람 시원시원하구먼.'이라 생각될 것이다. 이것은 그 사람이 좋다고 생각될 때이다. 반대로 그 사람이 좋지 않은 감정일 때 전자라면 '말을 놓으면 안 되지. 암!' 후자라면 '왜 반말이야?' 또는 "저기요, 말씀이 지나치시네요."라고 불만을 얘기할 법도 하지만 나는 우유부단과 낙천적, 긍정적의 중간에 있다고 볼 수 있는 사람이다. 그러기에 내 입장에서는 아랫사람에게 말은 낮추라고 얘기하고 판단은 내가 하는 것이다.

말의 높임과 낮음을 두고 그 사람을 평가하기보다 잠깐을 있으며 그 사람을 판단한다. 비록 짧은 시간에 그 사람을 판단하기는 힘들겠지만 난 그러하다.

나의 생각은?

내 몸이 묶여 있지 않는 한
내가 하고픈 대로 한다

20111201

나는 내가 하고 싶은 것을 한다. 지금 나는 회사를 다니고 있다. 내가 하고 싶은 것은 회사를 다니는 것이다. 이곳에서 나의 대가를 받고 있다. 상사와 불화가 생겼다. 나는 '젠장, 때려치우자!'라고 하고 싶은가? 이 생각을 한 것은 '퇴사가 하고 싶은 것'이다. 만약 순간 홧김에 그 말을 했다면 '욕설을 하고 싶은 것'이고 '그만두고 싶은 생각을 하며 불만이 있는 상황임에도 다니고 싶은 것'인 것이다. 등이 가려울 때 어떻게든 긁겠지만 만약 양손, 양다리가 묶여 있다면 하고 싶으나 할 수 없는 상황이다.

나는 내일 이른 아침에 출근을 해야 한다. 친구들이 왔다. 나는 내일을 생각해서 일찍 잠자리에 들어야 하나? 내일이 힘들어도 친구들과 놀아야 하나? 결국 내가 하고 싶은 걸 한다. 일찍 자려 한다. 친구들이 조른다. 내가 하고 싶은 것은 일찍 자는 것인가? 내일이 걱정돼도 친구들과 놀고 싶은 것인가? 그때 역시 내가 하고 싶은 것을 할 것이다.

폭력배들에게 시비가 붙었다. 돈을 달라 한다. 난 도망가고 싶어 도망을 갔다. 몇 미터 못 가 잡혔다. 무릎을 꿇으라 한다. 난 꿇기 싫은 생각을 하며 꿇고 싶은 것이다. 앞에서 꿇기 싫은 것은 싫은 게 아니다. 싫다고 안 끓는다면 이후 상황을 생각기에 내가 결국 하고 싶은 것은 '싫은 생각을 하며 끓고 싶은 것'이라 말한다. 내가 결국 하고 싶은 것은 '난 주기 싫은 생각을 하며 주고 싶은 것'이다.

여러분이 계획을 세웠다면 그 계획을 '하느냐? 안 하느냐?'보다 '하고 싶으냐? 하고 싶지 않느냐?'일 것이다. 지금 당신이 하고 있는 것은 당신이 하고 싶은 것이거나 때려치우고 싶은 것이다.

내가 진정 하고 싶은 것은?

우리 주변에 있는 공원의 모습. 얼굴에 흙탕물이 묻은 듯하다.

앎의 즐거움

이 보잘 것 없는 이 책을 보는 당신께서 아는 게 무엇인지 질문을 하는 제가 대단하기도 하고 무례하기도 한 거죠. 앎. 무엇을 안다는 것. 그건 정말 기쁨입니다. 신대륙을 알았고, 자연을 알았고, 과학을 알았고, 기술을 알고. 전 예전 언젠가 지금껏 알고 있는 지식을 습득함이 이렇게 즐겁고 유익할 줄은 몰랐어요. 내가 알고 있는 지식이 얼마인지 그것을 활용하는 것은 당신인 듯합니다.

저는 지금껏 쓰레기 없는 우리 마을을, 우리 골목을, 낚시터를, 등산로를, 공원을, 우리 거리를 외치고 있습니다. 당신이 알고 있는 기초 지식은 활동 가능한 것인가요? 즐거움을 만끽 하십시오. 앎의 즐거움, 실천의 즐거운 기쁨, 봉사 실천의 기쁨.

나의 앎은? 어느 정도인가? 책을 써 보자, 나처럼.

성공의 발목을 잡은 것은?

20121219

날 성공이라 하기에 기준이 없지만 나 스스로 성공했다 생각한다. 지금까지 내 성공의 발목을 잡은 것이 무엇이 있는가 생각해 봤다.

TV 시청이 있다. 할 일이 없을 때면 TV 시청 시간이 많다. 개그프로, 교양프로, 음악프로, 스포츠프로, 토크쇼, 다큐멘터리, 뉴스, 사극, 드라마, 장르를 알 수 없는 많은 프로그램들. 이 많은 시간에 조금 더 연습을 하고 조금 더 글을 썼다면 더 빨리 성공했다고 생각한다. 개그프로를 볼 때면 웃길 땐 웃음을 꾹 참다가 터트리면 그리 즐거울 수 없다. 이렇게 우스울 수 있을까 싶을 정도이다. 지금도 뭔가를 생각하면 웃음이 난다.

교양프로. 그냥 멍하니 봤던 듯하다.

음악프로. 음악보다 아이돌, 아이돌 가수들을 보는 방청객의 즐거운 표정들을 더 즐기며 봤던 듯하다.

스포츠. 박지성이 나오면 보고 나오지 않으면 잘 안 본다. 최경주, 양용은이 출전하는 시합이 있으면 골프 중계를 본다. 그러나 내가 할 일이 없으면 박지성이 교체되어 나가도 그냥 틀어 놨던 듯하다. 그냥 보고 그냥 듣고……

토크쇼. 어떤 이가 나와서 이야기를 하면 웃기고 기대되고 내가 좋아하는 사람이면 본다. 그 사람들이 하는 얘기와 경험담,

그리고 앞으로의 설계 등을 듣고 있노라면 나도 더더욱 노력을 해야겠다는 생각을 하게 된다. 그러나 좋아하지 않고 잘 모르고 관심사가 아니어도 그냥 보곤 했다.

다큐멘터리. 난 개미나 곤충들을 좋아한다. 그런 내용들이 나오면 관찰하고 연구한 내용들을 유심히 본다. 아주 재밌다. 내 관심사가 개미의 관찰 연구인데 내가 어찌 저처럼 관찰을 하고 연구를 할 수 있겠나? 평생이어도 못 할 것이다. 건축이나 조선, 항공 등도 마찬가지다. 다큐프로 모두가 재밌고 즐겁다. 보며 신기하다를 연발한다. 아직도 난 배가 뜨고 비행기가 나는 게 신기하다. 과학이라 해도 과학으로 뜨고 나는 게 신기하다.

뉴스……. 날 많은 TV 시청 시간에 투자? 허비? 즐거움과 바꾼 건지도 모른다.

그리고 또 발목을 잡은 것은 성이다. 성 관계, 그리고 자위! 여자 친구와 있으면 그렇게 밖으로 나다니기를 싫어한다. 방에서 뒹굴고 얘기하고 시켜먹고 또 뒹굴고. 여자 친구가 잠시라도 없으면 난 섹스 동영상을 보고 손을 놀리며 자위를 한다. 난 성 도착증인가? 잠시 후 여자 친구가 오면 난 얌전히 있었던 듯 안아 달라 뒹굴자 한다. 그렇게 많은 시간, 성에서 멀리 떨어져 연습을 하고 글을 썼다면 더 일찍 이 자리에 올랐을 것이다.

그리고 또 발목을 잡은 것은 취미에 있다. 음악 감상, 야구, 농구, 등산, 낚시, 여행, 바둑, 장기, 카드, 축구, 암벽등반, 스키, 배드민턴, 탁구, 서예, 당구, 볼링, 수영, 영화, 사이클, 마라톤, 골프, 사격, 승마, 스쿠버다이빙, 요가, 테니스 등등 이 많은 취미를 하지 않고 연습과 글을 썼다면 더 일찍 성공했을 것이다.

떠돌이 생활을 많이 한 나는 가는 곳마다 축구 동호회를 가입하고, 바둑 상대가 있으면 마주앉으려 하고, 길 가다 공원에 어르신들이 장기를 두고 계시면 잠시 관전하다 한 판씩 두고, 몇몇 친구가 모이면 당구와 카드를 즐기고, 한 번씩 산을 오르고 바다를 기고 몸을 꼬기를 하지 않았다면 더 성공이란 위치에 다가가지 않았을까 생각해 본다.

그리고 이것! 내 인생, 나의 즐거운 삶에 발목을 잡은 것은 성공이라 불리는 이것이다. 그 많고 많은 시간에 내가 더 인생을 순간순간 즐길 수 있었을 텐데 골방에서 매일같이 자판을 두드리고 연습장과 필드를 오가며 손이 부르트도록 연습을 하지 않았다면 더 사소한 인생의 순간순간의 참맛을 더 볼 수 있었을 거라 생각한다. 산은 산이요, 물은 물이다.

나의 성공의 발목을 잡은 것은? 인생의 발목을 잡는 것은?

결혼을 못한 채 아버지와 이별하다

20130125

나는 늦둥이다. 난 아버지께서 53세에 두셨고 어머니께서는 그래도 양호한 43세에 두셨다. 언제나 늦둥이로 살아온 인생이다. 그래도 부모님께서 정정하시다고 생각했다. 내 나이 서른일 때 그때도 두 분은 정정하셨다. 언제나처럼.

그러던 어느 날 새벽, 막내 자형에게 전화가 왔다. "아버지 돌아가셨다." 이 말에 장난할 리 만무하나 나는 되물었다. "진짜예요?"라고 말하고도 받아들여지지 않았던 것이다. 차가 없던 나는 친구가 서울터미널까지 태워주고 난 터미널에서 차편을 기다렸다. 기다리는 시간이 1시간 남짓 남았었다. 내가 할 수 있는 게 없었다. 버스 시간을 기다리는 동안에.

난 애써 태연하며 평소 즐겨 찾던 만화방으로 갔다. 좋아하는 만화를 보며 시간을 보냈다. 좋아하는 만화를 보면서 멍하였다. 그저 멍하니. 그렇지만 그 시간에 슬픔이 밀려오지는 않았다. 그냥 만화 책장을 넘길 뿐이었다. 순간 재밌었는지도 모른다.

차를 타고 가는 길에서도 남 침착했다. 어찌할 수가 없었다. 그냥 무엇인가 생각을 했을 것이다. 우리 아버지는 부처시다. 참으로 말이 없으셨던 분이시다. 약주를 하지 않으셨을 땐 대답 이외엔 말씀을 하지 않으셨던 듯하다. 약주를 하시면 맘에 두셨던 모든 말을 하시듯 그렇게 말씀을 늘어놓으시던 분이다.

난 아버지를 존경했다. 사회적, 정서적인 부분에서가 아니라 내 존재를 있게 해 주심에 충분히 존경해 마땅하다. 주위에서 이런 말을 듣곤 한다. '부모 잘 만나서' 그 말을 한 이에게 물어 본다면 넌 부모를 잘못 만났느냐고. 패륜 부모일지라도 존재하게 해줌에 잘잘못을 따져야 할진데 경제적인 것만으로 부모를 잘못 만났다고 하는 건 바람직하지 않은 표현일 터다. 우리 아버진 말씀이 무척이나 없으셨던 내가 존경했던 내 아버지셨다.

장례식장에 도착해선 아무렇지 않게 어머니를 대하고 가족들을 대하려 했다. 새벽녘에 자형에게 전화를 받고 서울터미널로 이동, 기다리며 4~5시간이 지난 지금 가족들은 진정 상태였다. 난 눈가가 퉁퉁 부은 어머니를 대면하니 울지 않고 아무렇지 않은 척하며 "아버지!"(언제나 마당에 들어서서 어머니! 다음 불렀던 투이다)라고 입술을 떼자 왈칵 슬픔이 터졌다. 쏟아지는 슬픔을 억누를 수가 없었다. 모든 슬픔을 다 토해내기라도 하듯 오열하였다.

그리 오랜 시간 오열할 수는 없었다. 한동안 오열이 있고 침묵이 흘렀다. 지치기도 한 것이다. 그리고 문상객들을 맞이할 때 그들의 순간순간적인 모습이 우습기도 하였다. 우리는 곡(哭)을 하며 그 우습다고 말하면 안 되는 상황을 보고 곡 속에 웃음을 곁들였는지도 모른다.

또 시간이 지나 내가 좋아하는 친척 큰어머니께서 오셨다. 뭔가 모를 슬픔이 터져 나왔다. 폭발하였다. 울음에 한이 스며 있었다. 얼마를 터트렸는지 순간 피를 토하고 말았다. 그러고는 지혈을 하고 시간이 지나서야 진정할 수 있었다.

아버지는 후에 또 뵈리라. 다음 생에서. 천국에서.

노모와 노총각 아들

안내문구의 협조

00000000

여러 안내 문구가 있다.

주차금지. 쓰레기 투기 금지. 변기에 꽁초나 가래침을 뱉지 마
시오. 냉난방 중, 문을 닫아 주세요. 유턴금지. 음식을 남기지 마
세요.

난 얼마나 협조하고 있나?

스트레스 해소

아~ 깊은 한숨이 나온다. 스트레스에 의한. 난 스트레스가 쌓이면 해소를 어떻게 하는가. 스스로 물어 보면 난 발광을 함에 스트레스를 푸는 것 같다. 내가 좋아하는 섹스도 스트레스 해소의 방법은 되지 못하였다. 섹스야말로 순간의 쾌락에 지나지 않았다. 그럼 내가 말하는 발광은 어떻게 하는가? 친구와 노래방에 간다. 둘이 가든 여럿이 가든 마음의 준비가 됐다면 괴성을 지르며 노래를 부르고 괴성을 지른다. 이 같은 스트레스 해소법을 선택하는 이가 있을 테지만 그렇지 못하는 이들도 있을 것이다. 그들 또한 자기만의 해소법이 있겠지만 공유하고 싶다. 나는 가수 싸이처럼 최고의 발광하는 무대를 만들 자신이 있다고 말하고 싶다. 여러분도 그렇게 해 보자. 여러분의 해소법이 이 방법이 아니라면 한 번쯤 이 방법을 시도해보고 내게 여러분의 스트레스 해소법을 소개해 주길 바란다.

그리고 이러한 방법이 힘들게 느껴지는 이도 있을 것이다. 꽃미남 배우들. 그들도 밀폐된 공간이나 그들만의 공간에서는 가능하지만 무대에서 그렇게 하는 것은 힘들 것이다. 애인 앞에서도 마찬가지다. 톱배우 장동건이 무대 위에서 그렇게 하는 것은 상당히 힘들다. 그 무대는 그만의 무대가 아니라 생각한다. 이미

지를 지켜야 하는 입장이 되면 그만큼의 무너짐과 내려놓음은 힘들다고 생각한다. 톱아이돌 광희의 가벼움을 누구나가 쉽사리 따라하지는 못하리라 생각한다. 스크린의 연예인이 아닌 우리 주위에 사람들 중에서도 그러한 행위를 하는 것은 '미친놈'으로 생각되기가 쉬울 것이다. 그리하여 나 역시도 내가 그래도 편하게 생각하는 상대와, 내가 그래도 정신줄을 반쯤 놨을 때 행할 수 있지, 평상시의 나라면 그러한 발광을 하는 모습은 보이고자 하지 않을 것이다. 뜻이 맞는 사람이 있다면 우리 서로를 아주 땅바닥까지 순간 내려놓고 발광을 해 봄이 어떠하겠습니까? 〈무한도전〉에서 돌아이 콘테스트 하는 것처럼.

다른 사람과 공유하고 싶은 나의 스트레스 해소법은?

내가 아는 겸손

벼는 익을수록 숙인다. 배움이 깊을수록 겸손해야 한다. 빈 깡통이 시끄럽고 빈 수레가 요란하다. 지식이 없는 벼는 고개를 들고 으스대지만 지식이 알찬 벼는 고개를 숙이고 겸손해 한다.

내가 100가지 지식을 가지고 있어도 겸손하지 않다가 한 가지 지식을 알고 있는 미련한 곰탱이 친구와 어느 분야에서 대결을 하였다. 그 친구는 그 분야의 전문가다. 비록 내가 전체적인 지식은 월등하나 대결을 할 이 분야에서는 무참히 당하고 코가 납작해진다.

내가 유능하고 잘났다고 자칭하지만 101번째 배워야 할 지식, 기술이 이 친구가 대결에서 이겼던 그 단 한 가지 지식, 기술인 것이다 그리하여 존경·인정을 받기 위해서는 겸손해야 한다. 겸손, 그 한 가지 대결은 언제 어떤 상황에서 이뤄질지 모른다.

나는 얼마나 겸손한가?

기부천사 김장훈

20120908

내가 이 사람을 만나려고 아주 많은 노력은 하지 않았으나 직장 생활 중에는 힘들다 여기고 직장을 관두고 이 사람을 찾아 나서기로 했다. 이 천사는 어디에 있는 걸까? 지구인인, 인간인 내가 이 천사를 만나기가 이렇게 힘들다는 말인가?

인터넷에 소속사를 찾기도 힘들었다. 그래서 절친인 박경림과 이수영을 찾아 갈까 해서 박경림의 소속사를 갔더니 가서 만날 수 있는 게 아니었다. 내 짧은 생각에 소속사에 출근하는지 알았는데 관련 업무, 행사가 있을 때 온다고 한다.

그럼 이수영도 힘들 거라는 판단을 하고 발길을 돌려 연관이 있을지 모를 이외수 선생님을 찾아뵈러 갔다. 무작정 갔지만 내게는 계획이었다. 엔진이 언제 꺼질지, 타이어가 언제 걸레가 될지 모를 나의 애마 똥차를 타고 이천 어디에 있는 댁을 찾아갔다만 뵐 수는 없었다. 관계자 왈, 인터넷으로 약속이 되면 약속시간에 맞춰 미팅이 이뤄진다고 한다. 이후 약속 신청을 했지만 만나 뵐 수는 없었다. 이 연예인 천사는 어떻게 만나야 되는지……

다시 며칠이 지나 인터넷을 검색해가며 소속사를 알아냈고 매니저 연락처를 건네받았다. 여기서도 난관은 나를 기다리고 있었다. 만남이 이뤄질 수는 없었다. 내가 이 천사를 만나고자 함은 이러함이었다. 대한민국을 무지하게 사랑하는 천사와 대한민국을 사랑하는 내가 같은 뜻을 품고 가고자 함이었다.

영향력 있는 이 천사는 기부는 물론 독도 사랑, 독도 홍보, 어떤 홍보에도 영향력을 미칠 수가 있다. 그러나 나의 영향력이라 함은? 쓰레기 투기에 대해 국민의식에 대해 홍보를 하고프나 공원 저편에서 쓰레기 줍는 봉사, 저 어디 숲 속, 낚시터, 등산로, 도로변, 골목길에서 쓰레기 줍는 봉사를 하여도 영향력을 미치기에 부족함은 이루 말할 수 없다. 그리하여 그 천사에게 나의 일생 경비를 기부(?)받아 나 역시 인생을 다 바쳐 국민의식을 변화시키고자 함이었다. 기부만 받아 내가 얼마의 영향력을 지닐 수는 없다. 천사를 등에 업고 영향력을 행사하는 것이다. 그러나 만나질 못했다. 전달되어지지 않았다.

이 글이 쓰이고 그 이후에도 노력을 계속 진행될 것이다. 소주 한잔 하려 한다, 천사와. 내가 이 천사를 아는 건 언론 매체에서 뿐이다. 그곳에서 보인 천사는 자기만의 사상을 가지고 있는 인간인 듯 보였다. 좋은 일을 하고 받은 사랑을 기부로서 돌려주고, 하지만 일상에서는 여자 친구를 만나려 절친 박경림의 경계와 감시망을 피하는 인간적인 천사. 그런 일상의 인간이지만 사회적 영향에 있어서는 천사이다. 언젠가 토크쇼에서 그 누구라도 소주 한 잔 할 수 있는 대상이라고 해서 이렇게 천사에게 다가가려 하는 나인 것이다. 그러나 지금은 쉽지가 않다.

전교 일등? 그냥 조금만 열심히 하면 된다. 그것은 그냥 조금만 열심히 해서 전교 일등이 된 사람이 한 말이다. 세계 제패?(각종 스포츠), 죽기 살기로 열심히 하면 된다. 그것은 죽기 살기로 열심히 해서 세계 제패를 한 사람이 한 말이다. 죽기 살기로 했지만 실패했다면 그 말을 할 수가 없는 상황일 것이다. 기부? 작지만 작아도 할 수 있다. 그것, 작지만 작아도 기부한 사람의 말이다.

김장훈 매니저님께.

이러한 내용을 저의 에세이에 담을까 합니다. 확인 바랍니다. 좋은 삶 되세요.

내가 생각하는 기부란?

골프! 골프가 생소한 이들에게

20130803

골프는 골프채를 휘둘러서 골프공을 때려서, 굴려서 구멍에 넣는 게임이다. 스포츠다.

골프채의 손잡이는 그립이라고 하고 잡는 동작도 그립이라 한다. 골프채의 몸통 막대기는 샤프트라 하고, 쇠로 된 걸 스틸, 플라스틱으로 된 걸 카본 또는 그라파이트라 한다. 공을 맞추는 부분 전체를 머리(헤드)라 하고, 공과 접촉되는 단면을 얼굴(페이스)이라 한다.

또 공에는 작은 홈들이 있는데 딤플이라 하고 이는 공기의 저항을 최소화하기 위해서다. 그 공(볼)을 18개의 구멍(홀)에 한 번씩 넣을 때까지 한다. 한 개의 홀까지 거리는 거리에 따라서 기준을 정해 놨다. 골프장 설계를 한 사람이 정해놓은 거리를 정해진 기준 타수에 넣으면 된다.

시작하는 곳(티잉그라운드)에서 홀까지 100~200m(yard) 전후면 기준(파)을 세 번(쓰리)으로 정하고 200~400m(yard) 전후면 파 포라고 하고 300~600m(yard) 전후면 파 파이브라 정한다. 그래서 파 쓰리 홀에서 세 번 쳐서 넣으면(홀인) 기준 타수(파)이고 잘해서 두 번에 넣으면 버디라 한다. 버디는 내가 친 것은 두 번인데 새가 가져다 줬다고 해서이다.

한 번만에 홀인하는 것이 말로만 듣던 홀인원이다. 홀인원은

파 쓰리홀에서 나올 수 있고 일반적으로 그 이상의 홀에서는 나오기 힘들다. 홀인원을 이글이라고도 한다. 이글은 새보다 더 큰 새라는 점에서 두 번을 독수리가 가져다준 셈이다. 파 포 홀에서도 마찬가지다. 한 번에 넣을 수도 있지만 확률이 아주 낮기 때문에 홀인원이 나오기가 힘들어지는 것이다. 이것 또한 성공한다면 홀인원인 게지 홀인원은 한 번에 들어갔다는 것이고 파3에서의 전유물이라고 해도 좋을 것이다. 하지만 여기선 이글-1이기에 더 큰 새, 공상의 새 알바트로스라고 한다.

반대로 기준에 더하기 한 타를 하면 보기라 하고 2타는 더블보기, 3타는 트리플보기라 한다. 더 이상도 있지만 4타오버, 5타오버 등으로 불린다. 파5에서도 마찬가지 스코어 계산을 한다. 이리하여 18홀을 끝내는 기준을 보통 72타로 한다. 파70, 71, 73, 74로도 한다만 드문 경우이다.

대회에서는 주최 측에서 변경도 한다. 보통 파3 네 홀, 파4 10홀, 파5 네 홀 이렇게 18홀 72타로 해서 총 스코어로 마이너스 몇 타, 플러스 몇 타, 이렇게 순위를 정하는 것이다. 마이너스를 언더파라 하고 플러스를 오버파라 한다. 언더파가 많을수록 좋다.

　아마추어에서 싱글이라 함은 79타(또는 81타) 이하를 말하고 80대는 80대라 하고 90대는 보기플레이어라 한다. 기준 72에서 각 홀을 보기를 한다면 90이 나오기 때문이다. 100대는 속어쯤으로 백돌이라 한다. 그 이상은 입문자라 해도 무방하다.

　골프를 모르는 이들을 대상으로 글을 써 봤다. 골프 강사인 내가 지금껏 골프 입문자를 보면 젊은 층은 소수이고 40~50대 남성 그리고 여성이 대부분이다. 입문 계기를 보면 주위에서 직장 상사의 권유로, 남편의 권유로 이루어진다. 입문 후에는 하나같이 하는 말이다. 빨리 배워둘 걸 그랬다고……. 군필자들이 하나같이 하는 말과 같다. 빨리 가는 게 좋다고. 뭔가의 시작이 늦어서 좋은 건 없는 듯하다. 물론 나쁜 것들 빼고.

여러분, 시작하십시오. 대중화된 골프. 예전에는 귀족 스포츠라 하였지만 이제는 대중화에 맞춰가고 있습니다. 2016년 올림픽에 다시 정식 종목으로 채택이 된 대중 스포츠입니다.

나의 골프 입문 시기? 골프에 대한 생각?

나의 골프장 설계

　내가 골프장을 설계한다면 비슷비슷한 골프장이 아닌 파격적인 골프장을 설계하려 한다. 축구장과 복합해서, 야구장과 복합해서, 실내체육관과 복합해서 직사각형과, 정삼각형, 원형 등등 확실히 차별화된……. 훗훗, 해야죠.

나의 설계종목은? 어떻게?

쓰레기 차인표

20130219

차인표 씨는 스스로 쓰레기라 하였다. 본인의 멘토를 보고 자기 자신을 쓰레기라 칭했다. 멘토에 비해 쓰레기일지라도 그 표현은 차인표 씨 이하는 아주, 완전 쓰레기라고 말하려는 듯 보였다.(들렸다) 옆의 인물, 자기 주변의 누구를 지칭하는 듯한 느낌. 하지만 본인의 느낌을 얘기하는데 그 이하인 우리가 그를 질타하거나 자책할 필요는 없는 상황이다.

쓰레기 차인표 씨도 존경스러울 뿐이다. 남을 돌보지 않고도 살 수 있을 텐데 천성이 그러하여. 잘 만난 신애라 씨도 존경스럽다. 어느 토크쇼에서 멘토가 후원하게 된 사연을 소개하고 그것을 실천하려 하는 멘토가 구두닦이로 후원을 하고 몸이 불편함에도 불구하고 힘닿는 데까지 움직여 구두닦이로 후원을 이어가고 그 이후 불편해짐이 심해진 멘토를 대신해 부인이 이어 하였고 지금은 만성이 되어 움직이지 못하는 상태까지 온 멘토에 비해 자기는 베풂이 아주 작았다 생각하며 스스로를 쓰레기로 표현한 것이다.

쓰레기 차인표 씨를 존경한다.
쓰레기와 쓰레기 차인표는 천지차이다

심형래의 그 말

"못해서 안 하는 게 아니라 안 해서 못 하는 것이다."

용가리 대박(?) 이슈(?)가 되고 난 후 인터뷰에서 한 말이다. 아주 공감 가는 말이다. 나를 돌아보니 지금껏 무엇도 해 보지 않고 판단을 했는지도 모른다. 사람이 가정교육, 의무교육 이후 성인이 되어 앞으로 걸어 갈 길이 정해져 있진 않다. 무엇을 하다 실패하고 그 실패한 길, 주변에서 나아가려 하는 이들에게 하는 말일지다. 물론 장인정신, 포기하지 않는 것과는 사뭇 다른 이야기이다.

가령 내가 고추 농사를 짓고 있다. 첫해 풍년이고 몇 해째 흉년이다. 옆집 길동이네는 해마다 어느 정도의 정보를 입수하고 해마다 품종을 달리한다. 물론 길동이네가 수확이 좋고 수입이 좋은 상황. 그러나 나는 몇 년 전 그 풍년을 꿈꾸며 하나만을 고집하고 있는 내게 전하려는 말인 게다. 나는 왜 다른 품종을 하려 하지 않지? 여기서 실패는 성공의 어머니가 될 수 있다. 구더기 무서워 장 못 담그는 일이 아닌가? 실패가 두려워 지금껏 가진 나의 노하우를 살리고자 또 다시 한다만 또 수입에선 실패이다. 구더기를 두려워 말고 변경해서 실패를 두려워 말고 품종 선택에 변화를 가져 실행해야 한다.

지금 님께서! 당신이! 당신이 생각하는 변화, 도전 목표를 실행해야 한다. 하지 않으면 못해서 안 한 게 아니고 안 해서 못 하는 것이고, 했음에 실패는 성공의 어머니로 생각하여야 한다. 변화를 두려워 말라. 실패는 있을 수 있다.

나는 실패를 무릅쓰고 해봤나?

윷놀이

잠은 얼마나 자야 하나?

20130928

처칠, 나폴레옹, 그 밖의 위인들은 잠을 조금만 자라고 이야기한다. 그들은 그렇게 생활했다. 소식(小食) 전도사 장두석 민족의학박사는 소식을 하면 하루 4시간만 자도 몸이 가볍고 정신이 맑다 한다.

내가 스무 살 때 잠을 자지 않으려 한 적이 있다. 자는 시간이 너무 아까웠다. 뭔가 업적을 남긴 건 아니지만 잠자는 시간이 아깝게 여겨져 나의 취미, 공부 등을 하고는 새벽 2시~3시쯤에서 수면을 취하고 다음 날 7시에 기상하여 8시에 출근을 하곤 했다. 그때는 회사에서 졸기를 일삼았던 것 같다. 휴식시간이 있으면 잠깐 자고 일어나는 방법으로……. 그것은 나폴레옹이 잠을 줄였어도 틈만 나면 잤다는 것과 연관 지을 수 있을 것이다. 움직이되 움직이지 않을 땐 수면을 취하고 정복에 나선 것이다.

일부에서는 잠을 충분히 자라고 권고한다. 피부를 위해서, 건강을 위해서, 직장에 악영향이 안 끼치도록 등등 이유에서다. 8시간 전후를 자라고 한다. 자기 자신에게 얼마가 충분한 수면인지 수치로 말할 수는 없는 것이다. 각자의 바이오리듬도 있고 생활 패턴에서 업무의 많고 적음도 있기 때문이다. 참고로 나는 휴일에 맘껏 자려 10시간 전후로 누워 있으면 허리가 아프다. 그래

서 일어나 운동 또는 누군가 만나러 나선다. 휴일의 오후자락에
움직임을 감행한다.

　누구라도 대업을 이루려면 수면 시간을 줄이고 대업의 행보를
이어가고 있다 생각한다. 한 가닥의 인생. 이렇게 도전해서 가죽
을 남기듯 이름을 남기려 한다.

　나의 수면 시간은?

밤 줍기

정의

정답은 모르겠다. 코에 걸면 코걸이, 귀에 걸면······.
수학. 과학. 공식. 반대말.
행복은? 불행은? 개발은? 자연은? 골프는?
공중도덕은? 기초질서는? 담배꽁초는?
쾌락은? 쳇바퀴는? 나는? 너는? 우리는?
좋아하는 운동은? 싫어하는 무엇은?
좋아하는 색깔은?
좋아하는 취미는?
좋아하는 음식은?
인생은 어떻게 살아야 하나?
지금은 어떻게 살아가고 있나?
아는 사람은 알고 나는 모르겠다. 그들은 알고 나는 모르겠다.
내가 보는 게 맞는지 아닌지 모르겠다. 정치상.

나는 얼마나 아나?

사진 찍는 딸, 사진 찍는 아들

죽음의 때

20130602

나는 죽음을 생각해 본 적이 있었던가? 별로 없었다. 내가 어릴 적 할머니 돌아가셨을 때, 순간 오싹했는지 모르나 별 다른 기억나는 느낌은 없었다. 중학교 때 후배의 죽음. 순간 오싹했는지 모르나 느낌이 없었다. 군대 선배의 죽음, 친척의 죽음, 이 밖에도 친구, 사회 선후배의 부모상에 많은 참석을 하였지만 죽음에 대해 생각해 본 적이 없다.

그러나 내 아버지의 죽음을 맞이하고는 순간 멍한 것도 슬픔이 오지도 않았다. 태연하고 의연하게 장례식장으로 향했다. 긴 시간을 이동하고 도착해서도 아무렇지 않은듯 '아버지'를 불렀다. 그 소리는 내가 언제나 집에 갔을 때 잘 들리지도 않으신 아버지를 그냥 부르는 소리였다. 아무렇지도 않은 듯. 그러나 가족을 만나는 순간 나눠지는 슬픔이 온 것이다. 아버지를 부르며 대성통곡하며…….

아버지의 죽음으로 죽음에 대해 생각한다. 죽음, 죽음은 신비로운 것이다. 나는 죽음에 대해 두려움은 없다. 죽음을 맞이할 때 고통이 따르면 무서울 것이다. 하지만 죽음이 무서운 게 아니고 고통이 무서운 것이다. 다만 모든 생명에는 죽음이 있고 그때가 있을 뿐이라고 생각한다. 죽음의 끈을 쥐고 있는 사람은

없다. 자살을 시도하려는 자가 있어도 죽지 못하는 것은 아직
때가 아닌 것이다. 죽음은 신비로운 것이며 분명 때가 있다. 그
때가 올 때까지 인생을 살리라. 때가 올 때까지……

나는 언제?

나에게 긍정이란?

20130505

모두가 알고 있는 긍정이다. 나에게 모든 긍정을 적용한다. 화를 낸다는 것은 부정이다. 그러나 내가 화를 내는 것 그것 자체를 긍정으로 생각한다. 욕설을 하는 것은 부정이다. 그러나 내가 욕설을 하는 것 그것 자체를 긍정으로 생각한다. 긍정을 지향한다.

나의 행복과 불행은 같은 것이다. 나의 불행은 나쁜 것이 아니다. 불행을 느끼지 못하는 이보다 나는 더 불행을 느끼고 있다고 긍정하는 것이다. 불행을 더 느끼는 나의 행복? 나의 불행? 나의 삶? 더 불행한 나의 삶? 어느 정도인지 알 수 없는 나의 삶!

나에게 긍정이란?

태어나 처음으로 본 연잎

상상 복권 당첨

근근이 살고 있는 내가 복권에 당첨이 됐다. 5천 원, 50만 원이 아니다. 50억 원이다. 하……. 살 만한 집을 사고 차를 수리하고 여행을 하고 맛있는 것을 사먹고……. 쉽사리 쓰는 건 할 수 있겠지만 투자는 어떻게? 음, 투자는 어렵군. 내가 하고 싶은 걸더 해 보기도 하겠지만 어느 정도일지……. 지금의 직장을 다닐건지, 때려치울 건지……. 현실적으로 다닐 수 없을는지……. 김칫국부터 마셔도 시원하네. 억! 가졌을 때 웃음이 이렇게 가볍진 않겠지.

나의 상상의 나래를 펼쳐 보라!

\---

\---

\---

\---

침략? 침략! 정벌? 정벌!

20130317

인디언은 말한다. 평화로운 땅에 침략자가 우리를 침략했다고 말할 것이다. 영국인은 말한다. 신대륙을 발견하고 정착했다고 말할 것이다. 우리나라는 과거 대마도를 정벌했고 일본을 정벌했다. 만주도 정벌했다. 중국, 청나라. 일본, 왜나라.

북한이 남한을 침략했다. 우리는 백의민족(白衣民族)이다.

침략은?

황매산 중턱의 성곽

가진 내가 배경을 숨기고
진정한 그녀를 찾다

20130624

옷차림. 내가 타는 차. 나의 백그라운드. 내 주위에는 날 싫어하는 사람이 없다. 친구들, 직장 동료들, 선후배들, 주위 모든 그녀들이 나를 좋아한다. 생각해 본다. 그들은 나를 좋아하는가? 나의 옷차림을 좋아하는가? 나의 차? 나의 백그라운드?

익숙한 사람들이 있는 이곳을 떠나 새로운 곳을 찾아간다. 이 새로운 곳의 사람들은 나를 경계하는지 무관심한지 알 수가 없다. 이곳에서 지내다가 알게 된 천사 같은 공주에게 다가간다. 그녀를 얻기 위해 온갖 노력을 한다. 나 말고도 그녀를 흠모(欽慕)하는 이가 더 있다. 경쟁이 심하다. 시간과 용돈을 투자해 그녀를 쟁취하였다. 그녀는 언제나 스타일리쉬하다. 타고 다니는 차가 어마어마하다. 만나다 보니 백그라운드가 장난이 아니다.

생각해 보라. 그녀는 내가 이곳에 오기 전의 나인가? 나는 왜 이토록 완벽하게 보이는 그녀를 쟁취하려 했는가? 본능인가? 도대체 진정한 그녀는 무엇인가? 공작새가 유혹하기 위해 깃을 펴고, 늑대가 유혹하기 위해 멋들어진 목소리로 노래를 하는가? 유혹을 하기 위해 그녀는 화장을 하고 꼬리를 치나? 나는 옷을 입고 차를 타고 능력을 키우는가? 본능적으로?

진정한 사랑은? 진정한 그녀는?

영어 필기체 알아보기

A B C D E a b c d e

F G H I J f g h i j

K L M N O k l m n

P Q R S T o p q r s

U V W X t u v w

Y Z x y z

한 우물 파라!

하나에 집중, 전념하라지만 그렇게 전문적이어야 할 것이 있고 여러 우물을 파서 만능이 되어야 하는 경우도 있다. 한 우물만 파서 성공한 이들에게는 해당되는 이야기는 아니다.

나의 아들을 축구를 어릴 적부터 시켰다. 전문적으로 엘리트 코스로. 지금 내 아들은 무명선수도 아닌 전업을 하여 직장을 다니고 있다. 어릴 적부터 열심히 시켰지만 내가 열심히 시킨 것이고 내 아들은 열심히 안 했는지도 모르겠다.

친구의 아들 녀석은 프로구단의 주전으로 뛰고 있다. 몸값이 어마어마한 선수가 되어 있다. 그놈은 어릴 적부터 하지 않았다. 친구 놈은 아들 녀석이 어릴 때 수영, 골프, 태권도, 야구, 스키, 탁구, 바둑, 장기, 체조 등 전문적인 육성이라기보다 경험을 우선 시키며 1~2달, 또는 가끔 원 포인트 레슨을 시켰다. 축구는 중학 2년쯤 선택하여 시작하였다. 아들의 의견을 수렴하고 진로를 결정한 것이다.

나는 내가 선택한 것을 일방적, 강제적으로 시켰던 것이고 그 후 이해와 설득을 해가며 대학 때까지 갔고, 이해와 설득은 됐는지 알 수가 없다. 그 어린 내 아들은 내 삶을 대신 살아 준 셈이다. 물론 부모로서 안내와 보살핌은 필요하겠지만…….

나와 친구가 찾은 우물은 이런 것이다.

지하수 탐지기가 없다면 나는 어떻게 우물을 팔 것인가?

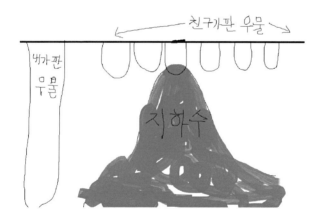

그래! 니 마음대로 해!

20130328

친구와 사소한 의견 충돌이 있었다. 이걸 하자 저걸 하자 몇 번의 실랑이를 하고는 "그래! 니 마음대로 해!"라고 얘기하였다. 그 말은 기분 좋게, 쿨하게, 대인배답게 양보를 한 것일까? 말하는 투를 보면 알 수 있다. 심사숙고 후 친구를 배려하고 양보해서 던진 말이 있고 "네놈의 고집을 못 이기겠다. 싸우기 싫으니 관두자."라며 던지기도 한다. 그래 놓고 심기가 불편하게 한참을 지내다가 풀리는 경우도 있을 것이고 때론 헤어질 때까지 "내가 지상 최고의 소인배이다"라며 무덤을 파기도 한다.

영어에도 이런 표현이 있다. shut up도 투에 따라 '입 닥쳐!' 험한 말이 되기도 하고 '그만해.'라며 부드럽게 표현되기도 한다. 우린 조금 더 생각하고 '니 마음대로 해'란 말을 표현해야 할 것이다.

친구 1, 2, 3 그리고 친구 형과 함께 경산 어느 당구장에서

천사와 악마, 동전의 양면성,
사람의 이중인격

20121125

나는 착한가? 얼마나 착한가? 그래프의 어디쯤 위치하는가?

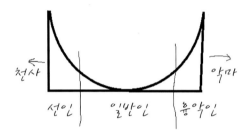

종교계의 수장들은 얼마나 착하다고 말할 수 있나? 범죄자들은 얼마 정도의 악함을 띠는가? 그 기준은 무엇인가?

나를 볼 때 그렇다. 나는 착하다고. 그 기준 중 하나가 쓰레기를 버리지 않는다. 버림과 버리지 않음을 기준으로 봤을 때이다. 난 낚시를 좋아한다. 낚시터에 가면 나쁜 사람? 전부인가? 사랑하는 형님과 형수님, 조카들을 데리고 낚시터로 소풍을 갈 수가 없었다. 가서 쓰레기를 주우며 교육을 할 수도 있지만 그러기에 나의 조카들이 티 없이 순수한 시기이다. 우리 환경의 현실과 낚시터의 때 묻음을 교육하고 환경운동을 교육 후 낚시터로 소풍을 갈 수 있을 것이다. 때 묻지 않은 조카들에게 때를 묻히고 닦으라 하는 셈이지 않나? 쓰레기를 기준으로 볼 때 착한 사람만 있었으면 한다.

나는 또 착하다. 기초질서 중 하나인 공중화장실에서 흡연을 하지 않는다. 내 가족, 친구 가족이 공원에서 소풍을 즐기다가 친구 아들 녀석과 공중화장실을 갔다. 조카 녀석이 먼저 들어가서는 다시 나오더니 "삼촌! 화장실에 불났어요." 하는 게 아닌가. 농담인지 놀란 건지 나에게 이야기했다. 들어가 보니 대변기 세 칸에서 하나같이 연기가 피어올랐다. 담배 연기다. 나는 깊은 한숨을 쉴 수밖에 없었다. 어떤 영화에서처럼 당당하게? 대변기 칸 안으로 한 양동이 인분을 뿌리고 싶은 마음을 가지고 있지만 결국 참을 수밖에 없었다.

그 순간 한쪽 칸에서 나오는 이는 다름 아닌 조카의 아빠인 나의 친구였다. 순간 나는 눈빛으로 설교하곤 우리 돗자리에 앉아서 "네 아들이 화장실에 불났다고 해서 봤더니 방화범이 너였구나."라면서부터 꾸중을 퍼부었다. 그러고는 생각했다. 내가 좋아하는, 내게 가장 가까운, 가장 친한 친구 놈도 이렇구나.

이리하여 난 생각했다. 사람들의 인식을 바꿔야 되겠구나. 초등학생에게 공중도덕, 기초질서를 지키라 하고 중고등학생들에게도 교육을 한다. 받아도 안 하는 친구도 있지만……. 대학교에서는 기초질서, 공중도덕에 대해 교육을 하나? 회사에서는 교육하나? 회사라면 신입사원에게? 아니면 주임, 대리, 과장 직급까지만? 운영진을 비롯한 수뇌부는 국가에서 교육하나? 노동부에서?

초등학생, 청소년들에게 기초질서, 공중도덕을 교육하듯 20대, 30대……60대, 80대…… 평생교육을 해야 하는 것이다. 지키지 않는 건 초등학생이나 스무 살의 신입사원이나 50대의 사장이나 80대의 회장이나 똑같은 게 아닌가? 그리하여 평생교육이 필요한 것이다. 무엇을 배움도 다 알지 못해 평생 배우듯 국민의식도 변화가 일지 않는 한 평생교육이 필요한 것이다.

나는 착하다. 누구라도 길 안내를 물어오면 친절히 대한다. TV 시청을 할 때면 개그의 소재로 미인과 추녀가 등장한다. 여기서도 미인(?)에게는 "예예(굽실굽실)" 하며 친절히 대하고 추녀에게는 "몰라요(시건방, 불친절)" 하며 속내를 드러내고 만다. 후에 개그는 개그일 뿐이라지만 그 상황에서 미인과 추녀에게 일어나는 상황은 추녀를 배려하지 않음이다. 상황극이라고는 하나 그녀는 여간 불쾌해 하지 않을 것이다. 그러나 생존(?)을 위해 같이 즐거워함이라 생각한다. 미인이 길을 물으면 목적지까지 업어다 줄 태세고 추녀가 길을 물으면 모른다 하는 그런 나는 아니다. 길 안내를 기준으로 볼 때 나는 착하다.

나는 착하다. 내 발밑의 개미 운명을 결정짓는 나. 나는 발밑의 개미를 확인하면 '앗! 개미다'라고는 짓밟지는 않는다. '앗! 밟을 뻔했다'라며 생명 연장의 운명을 부여한다.

나는 착한가? 갓난아기를 입양한 적은 없다. 유기견을 입양한 적은 없다. 잘 정리된 잔디밭 공원에 봄볕을 쬐고 있는 어린 잡목이 있다. 예견컨대 이 어린 잡목은 공원 관리자에 의해 뽑혀질 것이다. 나는 그 잡목을 집으로 가져왔다. 이 어린 잡목은 나의 식구가 되었다. 생각해 보면 공원 관리자도 그 잡목을 뽑아 버릴지 옮겨 심을지는 모른다.

나는 착한가? 나는 낚시를 좋아한다. 낚은 물고기를 통 속에 넣는다. 나의 조과를 확인하기 위해서이다. 낚시가 마무리 단계에 이르면 통 속에 낚은 물고기를 되살려 준다. 되살려 주는 행위는 아름다운가? 그럼 낚을 때 입술에 바늘을 걸어 올리는 행위는? 통 속에 가두고 공포심을 주는 것은? 더한 것은 물고기는 여기에서 양호하다는 것이다. 그 물고기를 유인하기 위해 미끼인 지렁이, 새우, 치어는 몸통을 관통당하며 고통 후 죽음을 당한다. 나는 착하다고 할 수 있는가? 나는 낚시를 좋아한다.

어떠한 기준에서 볼 때마다 다를 수 있다. 여러분은 어디를 기준으로 둘 때 착하고 착하지 않나? 국민의식의 변화를 죽기 전에 기여하여 이뤘으면 한다.

동전은 세로가 있지만 놓이게 되는 건 앞뒤뿐이다. 보이는 건 앞뒤뿐인 것이다. 사람의 이중인격도 여기서 찾을 수 있다. 천사와 악마에서 보듯 우리가 가진 마음들을 겉으로 표현할 때 천사로 범죄자로 보일 수 있는 것이다. 나는 생각한다. 평생을 착한 척을 하며 살 거라고. 언제 나의 본심이 드러날지 몰라도. 그 본심은 착한지 악한지······.

나는 얼마나 착하나? 가족에게, 친구에게, 주위에.

주차 공간

우리나라 주차 공간이 그렇게 넓지 않다. 넓은 주차 공간은 드물게 본 것 같다. 조금 좁다고 생각되는 곳이라도 앞뒤 좌우를 정확하게 주차하면 큰 불편은 없다. 하지만 얌체(?) 주차된 차가 있다. 한쪽으로 치우친 차. 이것은 다음 주차하기가 까다롭다. 내리고 타는 것은 더더욱 힘들다. 문 콕의 염려도 있을 터이고……

이럴 때 나는 화단이 있어 전면 주차를 해야 되는 상황을 제외하면 운전석이 마주보게 주차한다. 조수석은 좁더라도 서로 공간이 더 생길 수 있기 때문이다. 시간이 지나서 내 차만 덩그러니 있다면 내가 얌체 주차가 되는 상황이지만……

모두 이렇게 주차의식이 확립되면 조금 더 넓게 주차 공간을 가질 수 있지 않겠나. 정확한 주차로 주차 문화가 확립되었으면 한다.

나의 주차 노하우는?

산은 산이요, 물은 물이로다

20121128

어느 스님께서 남긴 명언이다. 그 스님께선 어떻게 풀어서 말씀하셨는지 모르겠다. 나는 나고 너는 너다. 이런 내용인지……

나는 불의를 보면 참지 못하고 너는 불의를 보고 모른 체한다. 불의를 보고 인도할 수 있는 건 무력이 바탕이 돼야 된다고 생각한다. 영화나 드라마처럼 힘이 없어도 가서 구하고 구원하고 인도하다가 얻어터지고 오는 경우는 얼마나 있을까? 그것도 요즘 세상에. 내가 너무 어둡게만 보는 것인가? 내가 만약 그런 (불량배가 선량한 시민을 괴롭히는 등등) 상황에서 참견한다면 80~90%는 맞고 나가떨어질 수 있을 것이고 10~20%는 신체 어느 부위나 목을 내 놓고 와야 할 수도 있을 것이다.

여기서 내가 불리함을 무릅쓰고 가는 상황이 산이고 무서워 모르는 체하는 것이 물이다. 그리고 사회적 활동을 하고 있는 인간은 불합리한 위험에서 어느 정도 보호받고 있는 상황이 만들어진다. 정당방위가 성립되는 산이고 설 자리가 없어지는(불량배) 물이다. 이는 내가 말하는 운명과도 연관 지을 수 있을 것이다. 나는 운명을 믿는 산이고 너는 운명을 개척하는 물인 게다. 고로 산은 산이요, 물은 물이로다.

나의 명언은?

소주 한 잔을 두고 기분 좋아하고 있는 나 동두천 가기 어디 역 근처에선가 소주를 좋아하는 나,
한 잔 하노라면 몽롱한 게 구름 위에 있는 듯하다.

출판

20121128

나의 책은 전문 서적이 아니다. 나의 생각들과 여러분의 생각들이 공감되는 부분이 있기를. 비교되기 마련일 것이다. 전문 서적이 아니라면 모두 그러하겠지만.

누군가는 그랬다. 나는 나의 기행문을 책으로 쓴다고. 나의 일기를 책으로, 나의 경험담을 책으로. 그 말을 듣고 책을 쓴다는 것이 내 세계와 별개의 세상이 아니라 느껴져 나도 내 느낌, 내가 전하고자 하는 것, 나의 경험, 나의 상상, 내 주위의 사연, 위인들의 명언, 옆집 화단의 화초 종류 등을 나의 책을 보면서 알게 되고 알았던 것을 되뇌어 보고 알지 못했던 옆집의 친구 아내가 이런 사고를 가지고 습관을 가지고 능력을 가지고 훌륭한 아들을 키울 수 있었던 것을 알리고자 함이다. 나의 책을 통해서 여러 독자들이 느낌을 달리하고 지식을 알게 되고 옆집 친구 아내를 알리고자 함이다.

옆집 친구의 아내이자 훌륭히 자란 아들의 어머니는 몇백 년 전 신사임당이라 할 수 있다. 내가 신사임당을 알고 그 내용을 기술했을 시 신사임당을 모르는 독자들은 알 수 있을 터이고 알았던 이는 다시금 신사임당의 전기를 접하는 계기가 되는 것이다.

예전 개그맨 중 한 명은 짠돌이라 불리며 한 말이 있다. "내가 이렇게 생활하며 내가 하고 싶은 음반을 내고 싶다." 나 역시 이 책이 인기 서적이 되지 않는다면 내가 소장할 나만의 일기로 남을지라도 책 출판을 해 보고픔이었다. 여러분도 나와 같기를……

나의 책은?

사치의 내 생각

20121128

내 생각이다. 사치는 좋은 거라고. 주먹을 부르는 발언인지는 설문조사를 해서 찬반 비율로 판단해야 할 것이다. 물론 90% 이상이 주먹을 던져야 한다고 할지 모르지만 10%는 반대할 것이다. 1%여도 좋다. 난 그 1%에 속할 뿐이다.

누군가는 난 수집가라고 백(bag)을 사고, 사고 또 살 것이다. 누군가는 내가 맞는 골프클럽을 사고 또 사고를 할 것이고, 누군가는 선물을 사고, 사고, 누군가는 신상 의류를 사고, 사고 옷장을 채운다. 서재도 없애며. 자기네 집을 의류 창고를 만들 참인가? 난 찬성이다. 더 사라고. 누군가는 일주일에 매일같이 골프라운딩을 한다. 운동인가? 비즈니스인가? 사치인가? 난 더 돌라고 한다. 하루에 2~3번씩. 누군가는 시계를, 차를, 무엇을, 무엇 무엇을……:

친구 녀석이 음주를 좋아한다. 일주일에 술값이 몇천이 된다 한다. 나도 그놈과 어울릴 때가 좋다. 이 친구는 기부를 하는 놈이다. 한 달에 몇천을 기부한다. 참 희한한 놈이다. 참 멋진 친구다. 나는 술을 더 마시라고 권한다. 너의 주위 사람들과 더 많은 술을 마시고 더 많은 술값을 내라고.

이유인즉슨 그 술집 사장님은 나의 군대 선배이다. 그 친구와 사장님은 업주와 고객 사이였다. 내가 소개하기 전까지는. 군대 선배인 사장님은 일주일에 한 번씩 직원들과 경로당, 고아원을 격주로 다니며 봉사와 성금을 전달한다. 나도 한 달에 한두 번 정도 동행하고 있다.

그 선배가 말하길 이 친구가 예전부터 이곳 단골손님이었다고 했다. 이 친구도 사장님의 선행을 알고 이곳에서 술을 마신다고 한다. 나의 친구가 술값과 기부를 반반 정도 할 것이고 그 친구의 술값 몇 %는 그 선배의 성금에 속할 것이다. 또 그 어떤 이의 술값 100이라도 이곳 술집에서 숙성(?)되어 성금으로 맛을 더함이라 생각한다.

나의 친구는 자기 자신도 이곳에서 유흥을 즐기지만 자기가 알고 있는 지인들을 이곳으로 소개시켜준다. 그중에 친구 놈과 비슷한 유형도 있고 술자리 자체만 즐기는 이도 있다. 나는 적극 반기는 바이다. 선배의 수중에 들어 온 이상 그 어떤 돈이었을지라도 1차 정화를 거치는 거니까. 또 나의 군대 선배는 명품 백 브랜드 사장이고, 골프장 사장이고, 명품 의류 사장이고, 귀금속점 사장님이다.

내가 생각하는 사치는?

가족

가족. 좋다. 믿다. 싫다. 사랑한다. 귀찮다. 행복하다. 보고 싶다. 보기 싫다. 만나고 싶다. 만나기 싫다. 전화하고 싶다. 모른 체하다. 살을 비비다. 놀다. 가족이다. 가족이 아니다.

가족은?

친구

친구. 보고 싶다. 보기 싫다. 연락하고 싶다. 귀찮다. 사랑한다. 우정이다. 미워한다. 형식이다. 의무이다. 도리이다. 인생의 만남이다. 운명이다. 친구는 한 명만 있어도 된다는 옛말이 무슨 의미인지 어렴풋이 알 것 같다.

그리 멀지 않은 동네에 친구가 살고 있다. 그 친구가 전화해서 한잔하잔 얘길 했다. 스케줄이 없어 콜, 하였다. 우울하던 중 한잔하고파서 전화할 수 있는 친구가 나밖에 없었다고 한다. 고마웠다. 그렇게 봐 주니. 난 이 친구 말고 누구에게 전화할 친구가 있는가 생각해 본다.

나는?

영웅과 역적

친구가 이런 말을 하는데 고개가 끄덕여졌다. "세 명을 죽이면 살인자가 되고 삼백만 명을 죽이면 영웅이 된다." 처음 들었을 때 무슨 말인가 생각했는데 이렇게 풀어 주더군. "야! 사람을 죽이면 살인자, 죄 짓는 게 아니냐? 그런데 전쟁의 장수는 자기 손은 아니었다 해도 그 나라를 정복하였다 할 때 얼마나 많은 사람을 죽였겠냐? 칭기즈 칸, 나폴레옹 봐라." 아닌 경우도 있지만 이렇게도 해석하는 우리더라는 걸.

혁명이 실패하면 반란자, 역적. 성공하면 그는…….

내가 생각하는 영웅과 역적은?

나는 노출증 환자다

20121128

언제부터 하의실종 패션이 유행했는지 모른다. 그리 많은 시간이 지나지는 않았다. 과거 60~70년대에도 미니스커트 유행은 있었다. 나는 짧은 반바지를 입으면 허벅지라고 불리는 부분을 모두 공개한다. 나의 팬티를 보여주려 함은 범죄이기에 팬티를 가리려 팬티 가리개용 반바지를 입는 셈이다. 뭔가 내 허벅지라 불리는 최상단을 모두에게 공개하고 싶다. 나는 이야기한다. 나의 허벅지를 보지 말라. 안 보는 것처럼 하며 보라고.

난 배꼽티를 입는다. 물론 젖가슴에서는 한참을 내려오는 T다. 나는 말한다. 배꼽은 봐도 젖가슴을 보지 않는 것처럼 훔쳐보라고.

하루는 분홍 브래지어를 하고 분홍 시스루를 입었다. 내가 봐도 나의 몸매는 예술이다. 누군가는 말랐다고 표현하는 이도 있으나 시샘의 표현인 듯하다. 90% 전후는 멋지다. 예술이다. 예쁘다. 아름답다고 표현하니 말이다. 허리에 군더더기가 없으니 S라인이 뚜렷이 보인다. 내가 전신 거울 앞에선 나의 모습을 보며 감탄하곤 한다. 이런 나의 모습을 감추기엔 국가에서 인재를, 조각을 방치(?)하는 것과 일맥상통하다 생각하기에 아름다움을 봄(보는)의 즐거움을 주고자 함이다.

그날 멋진(?) 남정네가 얼마 정도 미행을 하는 듯했다. 그러고는 내게 와서 말을 걸었다. "저…… 차 한 잔 하실까요? 아니면 시원하게 맥주라도 한 잔 하시죠?" 보기에 용기는 낸 듯하나 숙맥처럼 보였다. 난 튕겼다. 그 남정네는 다시금 "한강 드라이브나…… 가실까요?"라고 하자 난 수줍은 용기와 매너에 응하고 그 남정네와 아침을 맞이했다. 그는 알몸인 나를 보고 말했다. "지금의 당신보다 만났을 때 분홍+분홍이 더욱 더 아름다워요." 난 보람에 보람을 느꼈다.

난 쇄골라인과 가슴골을 오픈한다. 친구들과의 모임 때도. 친구들은 눈살을 찌푸리지만 그 행위는 다른 이의 시선이 우리 쪽으로 옴을 느끼는 찌푸림이다. 그 찌푸림에는 부러움도 있는 듯하지만 모를 일이다. 옆 테이블의 남자들이 날 보기 바쁘다. 나역시 그들을 보기 바쁘다. 날 보고 있나 아니냐를 관찰하기 위해서. 내가 리액션을 하며 허리가 반쯤 숙여지면 그들은 나의 나체의 반쪽인 반체를 봄이렷다. 젖가슴 반 이상을 봄이려니. 생각같아선 더 수위를 높이고 싶지만 그것은 범죄이기에 안타깝다. 난 언젠가 나체 해수욕장을 활개하리다. 내 남자 친구와 함께.

나의 노출 수위는?

나 또한, 사람의 심리 중에……

길거리에 지저분한 곳이 있으면 그곳이 쓰레기통이 되고 깨끗한 거리가 있으면 누구라도 쉽게 쓰레기를 버리지 못하더구나. 우리 집이, 우리 식당이, 우리 동네가 우리 환경이 그러해야 할 것이다. 강한 이에게 굽히고 약한 이에게 짓누르고. 토크쇼에서 오락 프로그램에서 우리의 모습을 보고 있는가?

나도 그런가?

방문

20131106

난 간간이 형들을 찾아가 밥을 사 달라곤 한다. 선배님, 선생님도. 만남을 때론 의미 있게, 때론 그냥, 때론 인맥으로. 생각해 보니 동생들 후배들은 찾아가지 아니하였던 듯하다. 동생들도 찾아가 밥을 사주고 얻어먹으리라.

난 얼마나 누구를 찾아가는가?

인생의 맛

20121128

쓴맛, 단맛, 신맛, 행복한 맛, 아픈 맛, 슬픈 맛, 웃긴 맛, 좋은 맛, 나쁜 맛, 성공의 맛, 실패의 맛, 불행의 맛, 맛. 승리의 맛, 패배의 맛, 무승부의 맛, 역전승패의 맛, 맛.

축구시합을 하고 있다. 우리나라의 A매치. 내가 하진 않아도 같이 느낄 수 있도록 나도 흥분을 한다. 승리의 맛을 볼 수 있는 것이다. 그렇지만 무승부의 맛도 있고 패배의 쓴맛도 있다.

나는 골프를 칠 때 많은 것을 느낀다. 맛을 본다. 항상 작은 내기를 하는 후배가 있다. 골프뿐 아니라 내가 접하고 있는 스포츠, 직업은 모두 인생에 비유하고 있다. 골프에서 첫 홀(hole)에(골프를 모르는 분을 위해 1년이 12달이다. 달수가 18달이 있다고 하면 되겠다. 18년이라도 1년이 1홀로 생각하면 될 것이다.) 버디를 하였다. 후배는 파. 2번홀, 난 버디 후배 보기. 3번홀, 또 버디 후배 더블보기, 4번홀, 난 이글 후배 더블파(양파). 기분이 좋아 웃음이 나는 걸 참을 수가 없었다.

기쁨을 숨기고 정색하며 대화를 나누다 후배에게 물었다. "후배 나 웃어도 될까?" 아무 말이 없다. 또는 웃지 마라 한다. 난 무시하며 파안대소하며 웃어댔다. 그렇게 약을 올릴 생각은 없다만 내 즐거움을 만끽하였다. 4번홀까지를 수직상승하며 승리

감으로 지나가고 5번홀, 난 파 후배 버디. 6번홀, 난 보기 후배 버디. 7번홀, 난 더블보기 후배 또 버디. 8번홀, 난 더블파 후배 이글. 하하하하 헛웃음이 나왔다. 후배는 그래도 포커페이스를 유지한다. 난 좋아할 만도 할 텐데. 전반 마지막 홀에서 파파 하며 비겼다. 인생의 단맛과 쓴맛을 보았다.

손톱을 깎다가 손톱 끝의 살을 잘랐다. 앗! 따갑고 피가 난다. 지혈은 쉽게 됐다. 아픔의 한 수 아래 따가움이다. 주방에서 양파를 썰다가 손가락을 베었다. 아픔을 느낀다. 손가락이 베어서 아픈 게 어느 정도인지 아픈 맛을 느낀다. 공장에서 절단 작업을 하다가 손가락이 잘렸다. 참으로 아프고 어처구니없는 사고를 당해 고통이었다. 맞이하고 싶지 않은 고통을 맛봤다. 아픔의 맛보다 더한 고통의 맛. 시간이 지나 교통사고로 어느 부위를 다쳐서 재생할 수 없는(시각, 청각, 수족(手足) 등) 상황에 이르렀다. 아! 이것은 무엇이란 말인가? 이건 절망의 맛인가?

시간이 지나 손가락 끝이 아물고 베인 손가락이 아물고 잘려 나간 손가락이 아묾의 과정을 경험했다. 변화의 맛이다. 희망을 꿈꾸는 맛이다. 사고로 손이 없어 발로 무엇을 하는 맛이고, 발이 없어 손으로 발을 대신하는 삶의 맛이다. 사고로 눈과 귀를 잃었으나 기증을 받고 감각이 생겨나는 신비로움과 희망의 삶의 맛을 보는 게 아닌가? 행복은 느끼기 나름이다. 불행도 마찬가지다. 양지에 행복이 있고 음지에 불행이 있는 것이 아니다. 양지에 행복과 불행이 공존하고 음지에 행복과 불행이 공존한다.

인생의 각기 다른 맛이 있을 뿐이다. 행복의 맛, 불행의 맛, 무엇 무엇의 맛들.

추가할 맛은?

입양을 하다. 식물, 동물, 사람

20121025

차인표가 비유를 하여 자신을 쓰레기로 표현한 적이 있다. 비교는 되지 않는다. 나 역시 입양을 한 사람과는……. 어느 식당에서 소외된 화분이 하나 있었다. 그 이름 산세베리아였다. 잎사귀가 열 개 남짓 있었지만 일곱 개가 겨울 잔디 마르듯 말라 죽었고 한 줄기는 시들어서 허리가 꺾여 있었다. 아주 가냘프고 힘없는 친구를 데려왔다. 데리고는 왔지만 급하게 서둘러 분갈이를 하지는 않았다. 취미로 시간 날 때 가꾸기로 한 것이다.

시간이 조금 지나 작은 화분에서 큰 화분으로 옮겼다. 예전에 산세베리아를 키운 경험으론 번식이 빠르다는 것을 알았기에 지인에게 부탁하여 큰 화분을 준비한 것이다. 바닥이 깊어 큰 화분을 다 흙과 모래로 채우기엔 화분이 너무 무거울 것 같아 무엇으로 바닥을 채울까 생각 중 쓰레기들의 수명(?)을 알아보고 페트병을 바닥에 깔고 모래와 흙을 채웠다. 물을 주고 정성을 들이니 시들어서 꺾여 있던 녀석이 생기를 찾아 허리를 펴고 있었다. 꺾인 허리를 세워주니 세상에! 혼자 힘으로 버텨 선 것이다. 감동이었다. 혼자 외로울까 싶어 야산의 단풍나무를 친구로 두었다. 둘은 사이좋게 지내길 바란다.

동물, 사람은 입양하지 않았지만 똑같거나 더 이상일 것이다.

내가 생각하는 입양의 찬반?

전과 29범

어디선가 전과 29범이란 전과자 얘기를 들었다. 음…… 전과 29범이란 어떻게 나올 수 있는 것일까? 전과범이 되고, 징역이 선고되고, 출소를 하고, 범행하고, 재범되고, 징역하고, 출소하고, 범행하고, 징역하고, 출소하는 것일까?

경범죄일지라도 29범이면 국가에서 방관하고 있는 건 아닐까? "당신 다시는 나쁜 짓 하지 마!"라며 출소시키고 29범이 되어 다시 오면 아무렇지도 않은 듯 "당신 또 왔어?" 출소 시 "다신 그러지 마."라며 했던 말을 몇 번이나 했을지. 아니면 아무런 충고도 없이 그냥 출소시키고 보내는지 말이다.

교통법규도 가중되는 게 있는데 다른 범죄는 없단 말인가? 적어도 성인에게 기초교육이 미흡한 범죄자라면 특수교육을 시켜 재범 시 엄중하게 처벌하여 법으로라도 예방을 해야 하지 않을까?

인류가 있는 한 범죄와의 전쟁은 계속되려나? 음…… 전과 3범…… 29범…….

월급의 변화

20121012~20121129

피라미드 모양의 수입이 창출된다. 기본적인 회사들은. 문제가 되고 있는 비정규직 근로자들이 200만 원을 받는다. 정규직 사원이 250, 주임 270, 대리 290, 부장 500? 사장……? 수요가 많고 공급이 적으면 이런 형태가 이뤄진다. 시간이 지나 풍요로움의 기준이 평준화가 되어갈 때 최저임금은 지금과 같지 않을 것이다. 궁지에 몰린 나는 최저임금을 받고 불만을 갖지 못하고 일을 할 것이나 조금 여유가 있는 이들이라면 갑과 을이 성립이 되지 않을 것이다.

최저임금의 업주는 필요함에 고용할 것이고 근로자 또한 필요하므로 협상하에 이뤄진다. 그러나 근로자가 임금 인상을 요구하면 업주는 '예' 또는 '아니요'로 답할 것이다. 반대로 업주가 기존 임금에 시간 연장을 요구하면 근로자 또한 yes or no라 할 것이다. 시간이 지나면 어떤 일을 하든 직원과 사장의 수입 차이는 그리 많아지지 않을 것이다.

나와 직원의 수입 차이? 나와 사장의 수입 차이?

결혼 시기의 변화

20120628

20년 전, 결혼 시기는 보통 서른 살 전후였다. 그러나 지금은
30대 중반이 되었다. 그리고 조금 시간이 더 지나면 30대 후반
으로 갈 것이고 40대에서도 이뤄질 것이다. 그리고 다시 시간이
더 지나면 역으로 더 젊어져 20 초반으로 가고 더 이후엔 과거
처럼 10대 때 결혼이 이뤄질 것이다. 역사와 유행은 반복되는 것
이기에 그리 생각한다.

내 생각엔?

<u>프</u>로 입문 시기의 변화

20131015

고교 투수가 특출하면 프로에서 경쟁하여 대어급 고교 투수
를 영입한다. 스포츠가 그러하다. 이후엔 기업도 그러할 것이다.
공부를 잘한다면, 연구를 잘한다면 고교 후 입사가 가능할 것이
고 전문 인력을 더 일찍 양성하리라 생각한다.

내 생각엔?

불륜의 현장

20130621

아내가 미심쩍다. 아내의 통화 기록을 보았을 때 아내 왈(曰), "친구다. 직장 동료다. 아는 사람이다. 왜 그러느냐?"며 반문한다. 아내가 낯선 남자와 거리에 같이 있을 때 아내 왈 "친구다. 직장 동료다. 아는 사람이다. 왜 그러느냐?"며 반문한다. 아내가 낯선 남자와 식당에서 밥을 먹을 때 "친구다. 직장 동료다. 아는 사람이다. 일하다 배고파서 밥 먹으러 왔다. 오랜만에 만나서 먹는 거다. 도대체 왜 그러느냐?"며 반문한다. 아내가 낯선 남자와 차 안에 함께 있을 때 "친구다. 직장 동료다. 아는 사람이다. 데려다 준 것이다. 왜 그러느냐, 정말!"이라며 반문한다.

아내가 수상쩍지만 이런 정도론 장담할 수가 없다. 아내를 찾아 나서 본다. 저쪽 한켠에 아내 차가 보인다. 그 옆에 수상쩍은 차가 있다. 아내 차를 확인한다. 없다. 조심스레 옆 차를 훔쳐보니 이런 오마이갓! 카섹스의 현장이다. 이년을 쳐 죽여? 위자료와 양육권을 요구하고 이혼 절차를 밟아? 한번 봐줘? 진짜 끝장이다. 어떤 생각으로 이 여자는 여기까지 왔나 묻고 싶다. 성욕인가? 사랑인가? 마지막 현장이 아니면 확인할 수 없는 것인가? 같이 있어도 불륜 현장이 아니라면 단정 짓지 못하는 것인가? 불륜 현장은 꼭 행위를 할 때만인가? 물음표만 던져진다.

언제를 정의할 것인가?

궁예를 읽다

사람이 어떻게 얼마나 변할 수 있을까? 그냥 가녀린 여자지만 어떤 변화가 생겨 오뉴월에도 서리가 내리게 하는 여자를 만드는가? 누가 어떤 변화를 가져다주었는가? 다리 밑에 있던 이가 어떤 변화를 느껴 억만장자, 자수성가를 하였을까? 일상을 살아가던 사람이 무엇의 영향을 받아서 스님이, 신부가, 목사가 되는지 말이다.

궁예를 읽으며 읽는 동안 존경했던 궁예가 무슨 영향을 받아 폭군이 됐는지 모르겠다. 읽어봐도 몰랐다. 책에서는 해석하기를 미쳤다고 한 듯한데 어디에서 정신이상이 생겨 주위를 피바다로 만들고 부인을 달군 철퇴로 음부를 지져 참혹하게 죽일 수 있나? 이후는 존경을 받을 수 있는 위인, 인물, 인간이 될 수 없는 결과를 낳게 되었다.

나는. 나는 얼마나 변할 수 있는 사람인지. 변화가 무쌍할 내가 되어 보고 싶다. 물론 가죽을 남기듯 명성을 위인으로서 남기고 싶다. 변하고 변해 위인으로 인생을 마감하고 싶다.

여러분도 변화하라! 위인으로!

호기심 마약 범죄

난 호기심이 있다. 본드는 용도가 있다. 본드를 마시는 이는 무엇을 맛보는 것일까? 범죄라는 것을 알기에 하지 않는다만 호기심은 있다. 마약은 무엇인가? 들은 바에 의하면 환상이라는데 그 환상은 어느 정도를 환상이라 하는지 궁금하다. 마약을 해 본 이들은 하나같이 하지 말라고 충고한다. 환각 상태에 따른 충고는 아닌 듯하고 범죄에 낙인이 찍힘을 충고 하는 듯하다.

내가 마약을 구할 수 있을까? 구했다면 복용할 수 있을까? 복용 후 살아남을 수 있을까? 무엇을 느낄까? 내가 체포될까? 호기심이 있을 뿐이다.

나의 호기심에는?

정주영의 그 말

20121002

"해 봤어?" 이 말은 현대그룹의 창시자 고(故) 정주영 명예회장이 업무 지시를 내리고 가능성이 없을 것 같다는 말에 "해 봤어?"라고 반문한 것이다. 가능성에 대해 실천을 해 보지 않고 결과를 내는 것에 대해 해 보라고 한 것이다.

이 말은 우리 모두에게도 적용되는 말이다. 무언가를 해 보지 않고 미리 절망하고 속단하기는 이르다. 해 보는 것이다. 해 보고 그 부족함이 무엇인지 해 보고 그 부족함을 파악해야 한다. 말이 안 되는 게 어떤 건지 해 봐야 보완점을 찾을 수 있는 것이다. 가능성이 적다고 안 되지는 않기에 고 정주영은 '해 봤어?'를 강조한 것이다. 우리도 실천해야 할 명언이다. '해 봤어?'

나는 해 봤나?

정치상체, 광수체

가나다라마바사아자차카타파하
파란 하늘 동해물과 백두산이
마르고 닳도록 하느님이 보우
하사 우리나라만세

나의 글씨체, 정치상체

톱 가수 그대에게

용기 있는 자가 미인을 얻는다. 나는 용기가 있는 걸까?

칼을 뽑았으면 무라도 자른다. 내겐 칼이 있는가?

현대판 바보와 공주가 이뤄질 수 있을까?

0.000001%의 확률은 현실 가능한가?

저의 팬레터를 당신께서 읽어 볼 수 있을까요?

인간이 인생을 살아가지만 모두가 길을 알고 찾아가는 건 아닌 듯하네요.

저는 지금 길을 찾았는지? 못 찾았는지? 안 가는 건지? 못 가는 건지? 어렵네요.

사랑합니다, 고객님! 사랑합니다, 고객님? 그 사랑은 연인의 사랑이 아니고 가족의 사랑이 아니고 고객과의 사랑이겠지요.

제가 당신을 사랑하는 건 팬으로서의 사랑인가요? 그렇지 않을 수 있어요. 첫눈에 반해 버린 사랑에 가깝죠. 하지만 그 가능성에 대해선 위의 확률쯤 되겠죠. 또 생각해 봅니다. 당신은 누구와 결혼을 할지……. 돈으로 무엇도 살 수 없다고 한 말을 들은 적이 있는데 글쎄요?

혼자 생각해 봅니다. 톱 여배우들은 어디로 갔는지. 그 사람들을 돈으로 산 건지. 사랑을 쟁취했다고 말을 하는 건지…….

당신은 어디로 가시려는지……

0.0000001%의 확률을 생각해 봅니다. 상상을 해 보았죠. 제가 톱스타의 남자 친구가 어떻게 되었는지. 그 비하인드 스토리로 토크쇼에서 이야기하며 톱스타의 남편으로 산다는 것을. 하지만 생각해 보아요. 그림자처럼 보좌만 하는 것은 나도 님도 바라지는 않을 거란 걸. 알 수 없는 무엇인가를 이루려 움직여야지 기생살이로는 누구라도 원하지 않을 거란 걸.

제가 당신의 남편으로서 인지도가 있다면 전 이런 일을 해보고 싶어요. 자연환경, 기초질서, 각종 범죄, 이러한 다방면에서 의식을 변화시켜 이 사회를, 이 세계를 변화시키고자 합입니다.

"내 시작은 미약하나 끝은 창대하리라."

지금 팬레터를 쓰는 저는 미약하나 이뤄지고 나서의 저는 알수 없는 창대함이 있으리라. 지금도 그러한 일들을 하고 있다만 미약할 뿐인 거죠. 지금의 저로선. 지금 제가 세계에서 영향력 있는 인물 70억 위 정도 해당하지 않을까 합니다. 당신은 한때 1위를 했는지. 현재 톱 100위 안에 있을는지요.

이수만 사장님은 충분히 영향력 있는 인물이지 싶습니다. 기부천사 김장훈이 무엇 이상을 변화시키고, 쓰레기 차인표가 무엇 이상을 변화시키고 있습니다. 이수만 사장님께서도 분야를 넘어 사회를 변화시킴에 동참하고 있으신지. 당신 또한 담배 피우는 이를 어떻게 나무랄는지, 소변보는 이를 어떻게 나무랄는지, 담배 피우는, 소변보는 장소가 흡연실, 화장실이라면 그 어찌 나무라겠습니까?

담배꽁초 버림을 재떨이라면 꽁초 버리는 이를 그 어찌 나무라리오. 담배꽁초 버리는 곳이 화단, 하수구 숨구멍, 배수로 창살 안, 등산로, 도로변, 차창 밖 어디, 배 창밖 바다 또는 강, 호수, 그 외 수많은 그 어디 어디…….

제 멘토이자 친구에게 물었죠. 깨끗하고 시원하고 아름다운 계곡에 쓰레기가 언제쯤 없어지겠느냐고. 친구 왈, 분리수거한 지 10여 년 됐으니 앞으로 10여 년이면 안 되겠느고. 음…… 그랬으면 얼마나 좋겠나 했죠. 전 제 생애 힘들지 않을까 안타깝게 생각이 들었죠.

전과 5범, 9범이 어찌하여 나올 수 있는지요. 훈방 조치 후 전과가 생기고 출소 후 재범이, 출소 후 3범이 될 텐데……. 〈쇼생크 탈출〉에서 흑인 노인이 교화가 되지 않았다고 출소를 못 했는데 현실과는 다른지…….

경범죄가 어떻게 신고가 되고 과태료 징수를 어떤 식으로 하는지는 현재 알 수 없습니다만 다음의 계획이 현실화된다면 장기적인 안목으로 볼 때 분명한 변화는 가져오리라 생각합니다. 우선 홍보에 있어 경찰청 사람들, 국회 사람들, 방송가 사람들, 경찰청장님, 대통령, 연예인 몇 인사, 나아가 누구나 홍보를 하고 초범, 2범, 3범……에 대하여 5만 원, 9만 원, 15만 원, 50만 원……(여기서 증가되는 금액은 참고용입니다) 아니면 5, 6, 7, 8, 10, 20, 50, 점차 과태료를 징수하는 것입니다.

그러나 신고는 어떻게 하는지, 과태료 발송은 어떻게 이뤄지는지 현재 저로서는 찾아봐야 알듯 합니다. 여기서 핵심 포인트입니다. 제가 제안하는 핵심 포인트. 거리에 해변에 낚시터에 등산로, 공원, 유원지, 2차선 도로, 8차선 도로, 화단, 아파트 복도 등 어디에서든 담배꽁초를 주워 경찰서에 신고하고 경찰서에서는 국과수로 보내 DNA 검사를 통해 인적 파악 후 과태료 청구서 발송, 신고자에게 건당(또는 개비당) 오백 원 또는 백 원, 천 원의 포상금을 주어 버리려 하는 이의 사고가 달라지게 한다면 우선 담배꽁초가 없어지지 않을까 생각합니다. 쓰레기도 마찬가지로……(청소년 이하에겐 봉사시간 2시간에서 늘려서 최대 하루까지.)

현실의 가능성은 0.0000001%일지라도 그것은 가능성인 거죠. 제게는 0.1%의 가능성으로 봅니다.

즐거운 하루? 즐거운 삶! 되세요.

그 어느 멀리 당신을 사랑하는 이가 어느 날 가수 보아에게 쓴 팬레터? 러브레터?

내가 사랑하는 연예인은?

경찰청에 신고? 제안?

예전 언젠가 이런 사건이 있었습니다. 아래층에서 담배를 피우고 위층에 담배 연기를 혐오하는 사람이 아래층에 방화를 했는지 뭣을 했는지……

저는 그냥 일반인입니다. 그러나 언제가 될지 모를 훗날 자연 보호(여러 분야가 있겠지만 우선 쓰레기 투척, 투기)에 있어서 크디큰 획을 긋는 사람이 되려 합니다. 경범죄가 어떻게 신고가 되고 과태료 징수를 어떤 식으로 하는지는 현재 알 수 없습니다만 다음의 계획이 현실화된다면 장기적인 안목으로 볼 때 분명한 변화는 가져 오리라 생각합니다.

우선 홍보에 있어 경찰청 사람들, 국회 사람들, 방송가 사람들, 경찰청장님, 대통령, 연예인 몇 인사, 나아가 누구나 홍보를 하고 초범, 2범, 3범……에 대하여 5만 원, 9만 원, 15만 원, 50만 원……(여기서 증가되는 금액은 참고용입니다.) 아니면 5, 6, 7, 8, 10, 20, 50, 점차 과태료를 징수하는 것입니다.

그러나 신고는 어떻게 하는지, 과태료 발송은 어떻게 이뤄지는지 현재 저로서는 찾아봐야 알듯 합니다. 여기서 핵심 포인트입니다. 제가 제안하는 핵심 포인트. 거리에 해변에 낚시터에 등산로, 공원, 유원지, 2차선 도로, 8차선 도로, 화단, 아파트 복도 등 어디에서든 담배꽁초를 주워 경찰서에 신고하고 경찰서에서는 국과수로 보내 DNA 검사를 통해 인적 파악 후 과태료 청구서 발송, 신고자에게 건당(또는 개비당) 오백 원 또는 백 원, 천 원의 포상금을 주어 버리려 하는 이의 사고가 달라지게 한다면 우선 담배꽁초가 없어지지 않을까 생각합니다. 쓰레기도 마찬가지로……(청소년 이하에겐 봉사시간 2시간에서 늘려서 최대 하루까지.)

언젠가 맑은 계곡에서 널려 있는 쓰레기들을 보고 친구에게 물었죠. "언제쯤 이런 쓰레기들이 없어지겠니?" 친구 왈, "우리나라가 쓰레기 분리수거한 지 10여 년 되니까 앞으로 10여 년 후면 되지 않겠니?"라더군요. 음, 그러면 제 살아생전에 어디든 깨끗한 모습을 볼 수 있겠지만 저로서는 공감할 수 없었습니다. 긍정을 바탕으로 둔 저로서도 말입니다.

예전 방송사에서 〈○○○가 간다〉란 프로가 있었는데 미미하지만 본인도 관계자도 상품 욕심자도 TV를 보던 저도 사고가 조금씩 바뀌었던 것 같아요. 다시 일어날 때입니다.

제가 리조트를 다녀가며 낚시터를 다녀가며 등산로에서 공원의 휴식처에서 버스정류장에서 언제나 한숨을 쉬며 제 명을 재촉하지는 않았나 싶네요. 후후. 이제는 지구촌 어디에서 우리나라에 손님이 오더라도 언제나 정리된 집 안에 초대하는 그런 편안 마음으로 외국 관광객을 맞이했음 하네요. 저의 의견을 불살라 볼 데를 찾고 또 찾고 있습니다. 받아지려면 50세기가 지나야 될는지…….

바꿔보고 싶네요. 세계는 몰라도 우리 회사는, 우리 마을은, 우리 도시는, 우리나라는.

이러한 문구가 앞으로는 없는 날이 오기를 갈망한다.

운명론

난 진지한 자리에선 운명론을 이야기하곤 한다. 결과가 운명이라고. 물론 과정도 운명이라고……. 내 운명론은 현재가 운명이라고 강조하고 싶다.

넌 왕자, 난 거지, 이것은 운명인가? 넌 거지, 나도 거지. 이건 운명인가? 같은 거지이지만 넌 운명을 개척하는 거라며 다리 밑을 뛰쳐나가 성공가도를 달리고 난 내 신세를 한탄하며 평생을 거지로 사는 것은 운명인가? 난 운명을 개척하지 않아서 그런 거라고.

그럼 보자. 너도 나가고 나도 나갔다. 넌 성공했고 난 실패했다. 난 노력이 부족해서 그렇다고. 그럼 내가 성공하고 넌 실패했다. 그럼 네가 노력이 부족한 것이다. 여기서는 결과가 운명이라는 거지. 노력하는 자세. 노력하는 정도를 어떻게 재겠느냐는 말이지. 모든 것은 운명이라는 거지. 운명이라는 단어는 현재, 과거, 미래 모든 순간순간을 표현하기 위한 단어이다.

난 바보처럼 요즘 세상에도 운명이라는 말을 믿어 그저 지쳐서……. 그렇지만 철저한 긍정적인 사고에서 나온 사상이다. 삶을 비관하는 것이 아니다.

나는?

추억

20130204

나에게 추억이란? 과거 언제쯤일 텐데 언제가 기억나기는 참으로 힘들구나. 학교를 진학하기 전에는 내가 주로 누나들을 언니라 부르며 따라다니거나 몇몇 친구들과 노는 게 다였던 듯하다.

초등시절에는 처음으로 다른 동네 친구들을 사귀며 멀리까지 놀러 다니곤 하였다. 그전에는 활동 반경이 우리 동네 어귀에서 뒷동산이 다였는데 옆 동네, 더 멀리 있는 동네, 멀리 있는 산. 냇가를 따라서 라면을 끓여먹고 감자, 고구마를 삶아먹으며 야영도 하였다.

중학교에 진학하면서는 거의 어른이 됐던 듯하고 폼이란 폼을 다 잡으며 언행을 한 것이다. 그때부터 느긋함을 나의 멋으로 생각하고는 '천천히, 천천히'를 생활화하였다. 준비된 '천천히'가 아니고 미흡한 '천천히'였던 것이다.

누군가 장난치며 날 때리고 도망을 가면 난 "뭐야!" 하고는 천천히 돌아보면 범인을 찾을 수가 없었다. 그런 느긋한 나로 성장했다. 다른 학교에서 온 친구들을 만나며 여자 친구도 사귀었고 후배도 사귀었다. 이성에 눈을 뜨게 된 것이다. 그때 나와 친구들은 후배와 친구들과 야영을 하며 모닥불을 피우고 둘러앉아 계곡의 물소리와 벌레소리, 밤하늘에 빛나는 별빛과의 추억을 만들었다.

하지만 지금 기억하고 있는 것들은 그 상황, 그 순간만을 추억하는 것이다. 그 후도 많은 추억은 있었겠지만 추억하지 못한다. 내 기억의 한계이며 글과 사진으로 추억하는 것이다. 가수 누군가가 말했다. "나의 노래는 추억이다"라고. 그 말을 들으니 공감이 갔다. 우리가 들었던 그 시기의 〈난 알아요〉를 들으면 그때를 추억하는 것이다.

나의 추억을 정리하면?

어느 골프장에 찾아온 봄의 화사함

대장균에 얼마나 대처해야 하는가?

20121023

정확한 근거를 나로서는 말할 수 없다. 몇 만 마리? 수십만 마리? 먹자골목에서 대장균 검사를 하여 '위생에 부적합하다'라는데 얼마나? 몇 마리가 적어야 위생적이란 말인지? 그런 위생검사는 어느 곳만을 겨냥하는지……

우리 부엌은?

성에 대해서 무감각한 사람?

20130520

난 준 성도착증 환자다. 그러나 무감각한 이들이 있는가? 동성 애자라고 하는 이들도 동성에 대해서 성을 느끼는데 성에 대해 무감각한 이가 있는가?

나는 한때 뒷골목 술집에서 '사' 자 들어가는 이들이 더한다는 얘길 들은 적이 있다. 내가 그렇게 놀아보니 재미가 있었다. 고 기도 먹어본 놈이 잘 먹는다고 놀아본 놈이 잘 논다는 생각을 했다. 난 그전에 그렇게 놀아보지 못했기 때문에 '그게 뭘까라고 만 생각했었다.

아는 형이 있다. 그 형은 지금 홀로이고 어디(윤락가)를 다니느 냐는 질문에 그런 데 뭐 하러 가느냐고 반문한다. 물어보고 싶 었지만 물어보지 못했다. 자위행위는 하느냐고. 그 형은 어디서 부뚜막에 먼저 올라가는 사람인지 아님 정말 성 불감증인지? 내 주위에 형, 누나가 있는데 그분들은 그냥 조용히 사는지 무엇을 행하는지 아님 즐기는지……

내 주위엔 그런 이가 있는지?

억지웃음

분노와 집념

20130522

분노보다 무서운 게 집념이다. 분노는 '아악!' 하며 순간을 의미하지만 집념은 계획을 가지고 계속해서 추진하는 것이다. 분노하며 단순하지 말고 집념을 가지고 행하라.

나는 어떤가?

한강공원 한강대교 부근

부끄러움, 수치심, 치부

난 충치가 어금니 쪽과 송곳니 쪽에 6~7개가 있다. 그리고 이가 시리다. 항문에는 뭔가 나 있다. 치질인지 변비인지 모르겠다. 발톱은 내성 발톱이다. 코가 비뚤어졌다. 시력이 좋지 않다. 키가 작다. 냄새를 맡지 못한다.

또 뭐가 있나? 난 쓰레기를 버린다. 난 담배꽁초를 버린다. 난 무단횡단을 한다. 난 공중도덕을 잘 지키지 않는다. 욕설, 불만, 불평을 잘한다.

나의 부끄러움은? 수치는? 치부는?

인생을 걸다

20130605

내가 인생을 걸어 무엇을 성취할 것인가? 그냥 성취가 아니고는 실패자인가? 그러나 나는 성공을 향해 갈 뿐이다. 실패를 두려워하지 않고. 내가 지금 하고 있는 일이 무엇인가? 생각해 보고 인생을 걸어 도전해 볼 뿐이다. 성공과 실패의 결과는 알 수 없지만 도전하는 것이다. 실패를 본다면 할 필요가 없고 성공을 본다면 실패할 이유가 없다. 알 수 없는 인생이지만 도전을 해 보는 것이다. 도전적인 삶과 안정적인 삶은 어떻게 다른가? 인생은 그러하다.

나는 무엇을 걸었나?

괴물 프로골퍼 김경태 프로와 함께 지산연습장에서. 친하지 않음

친한 사람

살아가면서 친하다고 생각되는 사람이 얼마나 되는가? 또 그 사람이 언제까지 갔는가? 갈 것인가? 친구에게 들었다. 그렇게 좋아하던 사람도 멀어지면 다시 공석이 생기고 또 지금의 환경에서 제일 친한 친구를 두게 되면 그때의 친구는 얼마의 거리가 생기는지? 아니면 더 우정이 돈독해지는지? 또는 배신으로 더없이 멀어지기도 할 것이다. 나에게 배신의 그런 친구는 없지만 무엇에서인지 멀어진 친구는 있다.

무엇인지 어떤 계기로 친해진 친구도 있다. 그 만남을 되새겨 보면 참으로 운명적인 만남이었다고 생각이 든다. 어떻게 그렇게 만났고 어떻게 그러한 대화를 나눴기에 우리가 그렇게 통하였는지. 원수를 두지는 않았지만 싫어하는 이가 있어도 그렇게 내색하지 못하는 나였던 것 같다. 그리고 그들에게도 어느 정도 다가가려 했는지 모르겠고. 더 다가가면 또 더 좋은 친구를 만날 수도 있을 것 같다.

내가 친한 사람은?

나의 친한 형네 가족과 아침 산책

인사를 하였으나 상대방이 받지 않았을 때 난 인사를 하지 않은 것이다

20130618

나는 착한 척(?)을 하려 인사를 잘한다. 그러나 인사를 받지 않는 이가 있다. 이유는 그만이, 또는 근처의 그를 잘 아는 이만 이 알지도 모르겠다. 나의 인사를 안 받은 척하는 이가 있다. 난 인사를 한 게 아니다. 다시 인사를 한다. 그러면 그는 마지못해 받을 때가 있을 테고 기어코 안 받으려고 하려 하기도 할 것이다. 그런 이에게는 난 인사를 하지 않은 것이다. 다음에 또 반복 되더라도……

나의 이러한 인사 의식은 그런 이들이 아닌 다른 이에게 했을 경우 누구에게 하는지 몰랐을 때 안 받는 경우가 있을 수도 있었던 것이다. 이러한 상황에서는 내가 인사를 했음에도 그에게 는 내가 인사를 하지 않은 것이기에 못 받았던 이들이나 받지 않으려는 이들에게 두 번 이상은 하는 셈이다.

그리고 나는…… 나는 인사를 하지 않는다, 잘. 잘하지 않는다.

나는 인사를 어떤 식으로 하는가?

유세윤 빙의, 한 번쯤 해 보고픈 표정

여자가 남자 같기를

20130618

남자는 성욕에 있어 동물에 더 가깝다. 남성이 성폭행을 하고 성추행을 하고 성범죄를 하는 것은 볼 수 있지만 여성이 성폭행, 성범죄를 하는 경우는 극히 드문 듯하다. 그러한 범죄는 일어나서는 아니 된다.

나는 생각해 보았다. 남성이 성추행을 당하고 성폭행을 당할 수 있는가, 라고. 언제 TV에서 남성이 성추행을 당해서 토론이 벌어진 경우가 있었는데 그 경우 가해자(여성)는 좋아했다고 말하고, 피해자(남성)는 수치심을 느끼며 고소를 한 상황에 대해 얘기하는 내용이었다. 남자는 여성이 다가오면 좋아하지만 남성도 마찬가지로 좋아하지 않는 여성이 다가오면 그렇게 느끼기도 할 것이다. 그렇게 다가가는 여성도 드물거나 없을 테지만……

내가 바라는 여자는 한정적으로 '내가' 여자를 접촉하고 싶은 만큼 그녀도 내게 다가오기를 바라는 것이다. 이건 이 책자에서나 내 상상 속에서만 가능하겠지만 말이다. 내가 언제 어디서나 그녀를 터치하고 쓰다듬고 만지고 교감하기를 바라듯이 그녀들도 나를 그렇게 대하기를 기대해 본다. 물론 지칠 때도 있다. 난 한 번 이상의 사정은 힘드니 그다음은 의견을 나눠 협상을 해야 할 것이다.

여자가 나에게 성추행을 한다면?

술을 마시고 난간에 서 있다

20130627

친구와 거하게 술을 마시고 우리 집 아파트 옥상에서 돗자리를 깔고는 계속 술자리를 이어갔다. 술을 마셔서 가능했으리라 생각하지만 내가 난간에 올라서서 균형을 잡아가며 걸어가고 있다. 난 죽고 싶지 않은 것이다. 왜냐하면 균형이 아니라 옥상 쪽으로 거의 넘어질 듯 걸었다. 난 죽고 싶지 않음이 여실히 드러났다.

나는 옥상 난간에 서 본 적이 있는가? 나는 죽고 싶은가?

SBS 골프아카데미 레슨 장면

낮잠과 노숙, 낭만과 초라함

내 나이 마흔. 내가 초등생 때 학교수업이 끝나고나 학교가 쉬는 날이면 학교에서 뛰어 놀고는 긴 벤치에 앉아 낮잠을 청하기도 하였다. 영화에서나 드라마에서의 영향일까. 난 낮잠을 참으로 낭만적으로 여겼다.

근 30년이 지난 지금까지도. 친구 녀석과 청계천을 거닐다가 지친 나머지 벤치에 누워서 휴식을 취하였다. 그런데 청계천 관리인이 와서는 여기서 노숙하면 안 된다고 하였다. 아! 나에게는 낭만적인 낮잠을 청하였는데 세월의 흐름 속에 초라하게 노숙으로 비춰진 것이다. 그리하여 법(?)을 거스르지 못하고 앉아서 휴식을 취하였다.

난 언제 낮잠을 자 봤던가? 노숙은 해 본 적이 있는가?

약간의 술은 일의 능률을 높인다

20130711

언제 술을 마시고 일을 한 적이 있는가? 기억을 되살려 보면 조금씩 있는 것 같다. 시골에서 밭을 갈 때도 그러하였고, 사무실에서 야근을 하다 야식과 한잔 기울이고 하여도 컴퓨터 업무가 더 잘되었던 것 같고, 만취가 되어 작곡을 하는데도 명곡이 나왔던 듯하다. 그러나 지나친 음주는 건강을 해치고 작업 시 위험이 초래되기는 하다. 여기서 약간의 술은 어느 정도인지는 본인만이 알 것이고 본인도 모를 수도 있을 것이라 생각한다.

나의 업무 능률을 높이는 주량은?

일을 하지 않을 때 뇌는 더 움직이는 듯하다

20130712

내가 백수일 때도 그러하였고 휴무 때 계획이 없이 마냥 누워 있을 때 더 그러하였다. 정신없이 계획대로 움직일 때는 그 목표점에 초점이 맞춰져 잡생각이 들지 않는데 그냥 마냥 휴식을 취하노라면 잡생각이 떠오른다.

여기서 잡생각은 나쁜 것만은 아니다. 이렇게 휴식 중에 나의 아이디어가 거의 나온 듯하다. 창업 아이템, 아름다운 노랫말, 그녀에게의 프러포즈, 나의 휴무 계획, 주변 이들에게 연락. 이때 나의 뇌는 더더욱 운동을 하는 것 같다. 뇌가 돌아가는 소리가 크게, 아주 크게 들린다.

내가 휴식할 때 나의 뇌의 움직임은?

근무지 옥상의 아늑함, 상쾌함

주변 인물에의 고마움

우리가 공기의 고마움을 아는가? 물은? 주변 인물들에게의 고
마움을 얼마나 느끼는가? 나 역시도 생각해 보지 못했던 것이
다. 내가 축구 게임을 하다가 무릎 골절 부상을 입었다. 내가 의
사들에게 얼마의 고마움을 느끼고 있었던가? 걷기도 힘들게 한
쪽 다리를 이끌고 병원에 찾아 갔을 때도 고맙지가 않았다. 내
무릎을 만지고 주무르고 성의 없이 대하는 듯한 의사가 고마움
은커녕 미울 뿐이었다.

이틀의 시간이 지나고 의사라 부르던 나의 입에서 의사선생님
이 되었다. 의사에서 의사선생으로. 나뿐 아니라 친절이란 웃
는 것만이 친절이 아니다. 모든 이들을 대할 때 웃는 건 가식이
어느 정도 가미되는 걸 서비스업에 있는 누구라면 다 알고 있을
것이다.

내가 의사를 처음 대할 때 그 의사가 웃음이 있었느냐? 부드
럽기를 하였느냐? 불친절을 느끼기에 충분했다. 그리고 나와서
나의 친한 형에게 상황을 설명했더니 "그분 참 진찰 잘하시는 분
이시네." 아픈지 안 아픈지, 얼마가 어떻게 아픈지를 알아야 진
찰을 할 수 있었던 것이다. 그렇기에 내 다리를 만지고 주무르고
접어가며 상황을 파악하기 위함이었던 것이라는 형의 말을 듣고

는 나를 위한답시고 "어때요?" 물으며 보기만 하고 진료를 한다면 정확한 진료라고 하기 힘들 것이다.

내가 아파서 의사선생님들께 고마움을 느끼고 있다. 다시 생각해 본다. 내가 고마움을 느껴야 할 분들이 주변에 얼마나 있는지를……. 경찰, 소방원 등 공공서의 공무원뿐 아니라 내가 배가 고플 때 음식을 팔아주는 그 불친절했던 식당 아주머니도 고마운 것이다. 공기의 소중함에 젖어 있기에 공기의 소중함을 느끼지 못한다. 그것을 느낄 때 주변을 돌아보고 모두(?)를 고마워해야 하지 않을지…….

내가 고마움을 느끼는 이는?

집이 없어 누구에게 신세진 적이 있는가?

20130726

내가 언젠가 친구네 집에서 신세를 진 적이 있다. 친하다 생각 되는 친구이다. 문제는 그 친구가 아니다. 삼자라고 생각되지 않 는 친구의 아내였다. 사실 신혼은 얼마가 지나야 신혼인지 몰라 도 신혼집에 얹혀사는 자체가 문제를 일으키기는 하였다. 그 친 구 내외가 얼마나 나를 신경 쓰고 행동하였는지……

그때 내가 눈칫밥을 몇 끼만 먹고 나왔으면 사건은 터지지 않 았겠지만 눈칫밥을 사건이 터지기 전까지 먹었으니 할 말은 없 었다. 한참의 눈칫밥을 먹고는 조금의 미안함을 표현하고자 거 창하게(?) 장을 보고는 친구 아내에게 파티를 청하였다. 상이 차 려지고 고기가 구워지고 있었다.

그때 친구 아내도 작정을 했었는지 말문을 열었다. "이제는 나 가 줬으면 좋겠다."고. 음, 난 착잡하였다. 난 착잡하고 있는데 그 때 친구 녀석이 "너 무슨 소리 하는 거야?" 하며 서로 언성을 높 였다. 난 착잡하였다. 그런데 그때 친구의 우정이 혈연을 넘어서 고 있었다. "쨍그랑!" 친구 녀석이 접시를 던지고 언성을 높이면 서 나무라듯 다투는 것이었다.

그 상황에서 착잡한 내 심정이 서러움으로 바뀌면서 친구와 친구 아내 앞에서 아주 작아진 채로 흐느끼며 울고 말았다. 친구가 우는 나를 달래려 하자 서러움이 더욱 크게 밀려왔다. 친구 앞에서 이렇게 울어 본 적이 아버지 돌아가시고는 처음이었던 듯하다.

그 후 친구와는 언제나처럼 똑같지만 친구 아내와는 아직도 서먹한 듯하다. 세월이 지나면 이것 또한 아무렇지 않을는지……. 아니면 지금 얘기를 나눠도 아무렇지 않을는지……. 웃음과 무엇이 교차한다.

난 집이 없어 누군가에 얹혀 있었던 적이 있는가? 서러웠는가?

물기둥, 사람들 같기도

강연 100도씨에 올린 글

20130801

국민의 의식 변화에 대해서 제가 강연을 해 보고자 합니다. 부족한 저입니다만, 저의 의식과 동화될 수 있도록 강연을 신청합니다.

예전 한양대학교에서 진 모 교수의 강연을 듣고는 "교수님은 쓰레기를 버리십니까?"라고 질문을 드렸더니 그 왈, 당당한 어조로 "버립니다. 그래야 청소하시는 분들도 먹고 살죠."라며 청중의 웃음을 유발하는 발언을 한 적이 있습니다. 비록 제가 강연을 못하더라도 담배꽁초 안 버리기, 기초질서 지키기 등 의식의 변화만으로 실천이 되는 그런 사회를 만들어 보고 싶습니다. 강연을 하시는 우리나라의 모든 분들이 전문 분야와 국민의식에 대해서 강연을 같이 해 주신다면 머지않아 변화가 나타나리라 생각합니다.

초등학교 때, 중고 학창 시절에 우리는 기본 교육을 받습니다. 차는 어디로 사람은 어디로. 가져간 쓰레기는 되가져오기로. 쓰레기는 버리지 않기로. 그러나 일부의 우리는 망각의 동물이어서인지 그러한 기초 질서를 잊은 듯합니다. 대학교에선, 회사에선, 이런 교육을 하는지요? 어린 아이들만 교육을 할 것이 아니고 부족한 저희 어른들도 부족하면 언제나 교육을 받아야 합니다. 〈강연 100도씨〉에서 시작하고자 합니다. 아니 된다면 〈강연 100도씨〉에서 시작해 주시기 바랍니다.

주위를 둘러 볼 때면 안타까운 문구들이 많이 보입니다. 금연 장소에서 "담배꽁초를 버리지 마세요!" 지하철의 "임산부 노약자 석" 어느 자리에서건, 건장하더라도 앉고 그러한 분들이 온다면 양보할 수 있을 것을 지정할 수밖에 없는 지금 저희 현실에 안타까움이 있습니다. 어린 친구들, 할머니, 할아버지, 임산부, 환자, 당연하지 않은지요? 양보함이……강연 100도씨 님, 부디 진행되도록 도움을 주시기 바랍니다. 김장훈처럼 한국을 사랑하는 한 시민, 한 국민 올림.

내가 주변에 끼치는 영향력은 어느 정도일까?

결과뿐!(때론)

20130813

모든 게 결과뿐이라고 생각한다.

■**축구**: 과정은 좋았는데 졌다. 과정은 안 좋았으나 이겼다. 전자는 과정을 얘기한 것이고 후자는 결과를 얘기한 것이다. 사실 어떤 것을 얘기한지 모를 것이다. 전자를 보면 패스를 예술적으로 하고, 드리블을 환상적으로 4~5명씩 제치고, 볼 점유율을 90% 이상 가져오고, 진 상황이라면 이렇게 말할 수 있는가? 위로할 뿐이다.

후자는 그 반대의 과정에서 이긴 상황이다. 오심으로 얼룩진 경기가 있다면 이기나 지나 결과가 안 좋았다고 생각할 수 있다. 오심으로 얼룩이 질대로 져 있는데 이겼다고 좋다고 할 수 있는가? 여기서는 결과가 승패가 아니라 평가가 결과가 되는 셈이다.

■**권투**: 타이슨이 상대선수의 귀를 물어뜯었던 경기가 있다. 그 경기에서 타이슨이 이겼다면 결과가 좋은 것인가? 여기서 결과 또한 승패가 아니다. 사람들의 평가이다. 승패의 결과가 아닌 사람들의 평가로 결과가 나올 뿐이다.

■**도둑질과 선행**: 홍길동이 도적질을 한 것인가? 의롭게 한 것인가? 홍길동전이 아닌 내가 부조리가 있는 누군가의 금고를 털어 기부를 했다면 좋은 건가? 나쁜 건가? 이것 또한 국민의 심판에 의해서 결과가 정해지는 것이다. 과정을 두고 '좋다, 나쁘다' 할 것도 아니고 기부를 한 것을 두고도 말할 것이 아닌 것이다. 그 사건의 결과를 평하는 것이다. 그리하여 결과뿐인 것이다.

나는 과정?

백 종목 인생 종합 우승

인생의 방랑자가 있고 장인(匠人)이 있다. 둘을 두고 누가 인생의 승리자인지 알기는 힘들다. 기업인의 성공자가 있고 연예계, 스포츠 어느 종목의 성공자가 있다고 보면 둘 중에 누가 더 성공했느냐고 하면 저울질의 대상이 되지 않는다. 이 상황에서 저울질이 된다면 그것은 인생의 척도가 어느 한 부분(금전이나 명예)에 치우쳐 있다고 봐야 하기 때문이다.

철인 3종 경기가 있다. 인생 100종 경기를 치러서 인생의 우승자를 가리는 것이다. 내 통장의 잔액, 나이, 부동산, 내가 오른 산봉우리, 1:1 축구의 PK, 스포츠의 종목, 직업의 다양성, 모든 종목을 겨뤄서 인생의 우승자를 가리는 것이다.

어느 한 종목에서 우승한 사람, 어느 한 분야에서 박사, 어느 회사의 CEO, 모두 그 분야에서 성공자라 할 수 있을 것이다. 하지만 그 분야가 아니면 패배자이기도 하다. 스포츠 스타로 성공을 하였으나 결혼에 실패, 사업의 실패, 선행의 실패 등등으로 볼 수도 있기 때문이다. 우리의 인생을 살 뿐이다.

나의 인생 100종 경기에서의 순위는?

내 생애 첫 배스

포커에서 이기는 것과 인생에서의 성공

20130823

포커에서는 누구나가 즐기고자 한다. 즐기고자 함은 이기고자 함과 같다. 도박은 과학이다, 도박은 확률 게임이다, 도박은 인생과 같다 등 도박에 대한 이야기들에는 이기고자 함이 보통이다. 인생에서 어느 확률이 낮은 종목(스포츠, 예술 등)에 투자를 하는 건 도박의 승률에서 위반되는 행위이다. 곧 확률이 낮은 패를 가지고 상대방과 겨룬다면 그만큼 그 판의 끝에서는 잃는 이에 지나지 않기 때문이다.

인생에서 스포츠나 예술 등을 도전하여 실패할 경우가 많다는 이야기를 놓고 볼 때 도전하는 이들이 적으면 그곳에서의 우승자, 성공자들이 지금처럼의 성공자에 못 미치고 취미 활동자에 불과할 것이다.

인생, 도박의 전문가가 말하는 도박이 아니고 일반인이 말하는 도박을 해도 좋지 아니하겠는가? 도박에서 패하여도 그 판을 즐겼다면 즐긴 게 아니겠는가? 인생에서 실패하였다고 해도 인생을 즐겼다면 되지 않겠는가?

나의 인생의 도전, 진로, 도박은?

욕심? 금전, 지식, 명예, 선행……

우리가 욕심내는 것들인가? 분야의 랭킹 1위. 돈에 욕심을 부리지 말라 한다. 누군가 말하기를 지식에 욕심 부리지 말라면? 선행에 욕심 부리지 말라면?

나의 욕심은?

앙상한 나뭇가지

나의 팔꿈치

20130824

나는 팔꿈치로 운전을 한다. 양손을 써야 할 때가 있으면 팔꿈치로 운전을 한다. 난 책을 읽을 때 팔꿈치로 책장을 넘긴다. 두 손으로 턱을 괴고 있거나 무엇을 할 때(먹을 때, 전화 할 때 등등) 난 키보드 스페이스와 엔터키를 팔꿈치로 누른다. 난 선풍기를 켤 때도 팔꿈치로, 에어컨을 켤 때도, TV를 켤 때도, 바지를 올릴 때도 팔꿈치를 사용한다.

난 지하철을 탄다. 버스를 탄다. 택시를 함께 탄다. 거리를 거닌다.

난 무엇으로 운전을 대신하나? 발? 무릎? 옆구리? 힙?

\---

\---

\---

\---

새벽 삶을 사느냐, 늦은 밤 삶을 사느냐

새벽에 일어나서 퇴근 후 나의 취미를 하는 이가 있고 야밤에
서 새벽까지 일하고 아침을 나의 여가시간으로 보내는 이가 있
다. 나는 어디에 속하고 언제까지 그랬고 앞으로는 어쩔 것인가?

나의 출·퇴근시간과 근무시간은?

나의 친구

20140101

참 나 같은 친구가 있다. 이 친구가 여자라면 좋을법한 그러한 친구다. 이 친구로 인해 맘의 안정을 찾는다. 같이 있으면 의미 있게 하는 것은 없다. 술, 노래, 당구, 골프, 헬스, 산책, 공부, TV 시청, 식사, 일상일 뿐이다.

나의 친구는?

십대모, 미혼모

0140105

십대모, 미혼모, 결혼, 이혼, 재혼, 황혼결혼, 황혼이혼, 모태솔로, 평생솔로.

그냥 읊조려 봅니다.

앙케트

1. 닉네임은?

2. 성별은?

3. 이메일 주소는?

4. 생년월일은?

5. 가족관계는?

6. 키와 몸무게는?

7. 자신의 장점?

8. 자신의 단점?

9. 자신의 성격을 한 마디로 표현하자면?

10. 좋아하는 연예인은?

11. 좋아하는 노래는?

12. 자신의 18번은?

13. 좋아하는 계절은?

14. 잘하는 게임이 있다면?

15. 나의 이상형은?

16. [동갑/연상/연하] 순위를 정한다면?

17. 지금 현재 나의 컨디션은 어떤가?

18. 지금 주머니에 있는 물건은?

19. 외박경험?

20. 주량은?

21. 술버릇은?

22. 술을 처음 마신 건 언제였나?

23. 결혼은 언제쯤 하고 싶은가?

24. 나의 노래를 평가해보자

25. 나의 춤을 평가해보자.

26. 요즘 받고 싶은 선물은?

27. 집에 혼자 있을 때는 무엇을 하나?

28. 거울 앞에 서면 무엇을 하나?

29. 지금 입고 있는 옷은?

30. 지갑에 얼마나 있는가?

31. 애인에게 주고 싶은 선물은?

32. 여자와 남자의 큰 차이는?

33. 노래방 가면 이 노래 꼭 한다?

34. 친구와 약속했는데 친구가 오지 않는다면?

35. 사랑하는 사람이 바람을 핀다면?

36. 약속시간에 늦는 사람을 얼마나 기다릴 수 있는가?

37. 키스경험?

38. 성형하지 않아도 된다고 생각되는 곳은?

39. 성형하고 싶은 곳 딱 하나만 고른다면?

40. 지금 제일 보고 싶은 사람은?

41. 첫사랑?

42. 가장 서럽게 울었던 기억?

43. 자신이 어른이 되었다고 느꼈을 때는?

44. 싫어하는 일은?

45. 가장 뿌듯했던 일은?

46. 가장 황당했던 일은?

47. 지금껏 만난 이성 중에서 최고 킹(퀸)카는?

48. 47번에 나온 사람을 지금 안 만나지 않게 된 이유는?

49. 그 사람에 대한 느낌은?

50. 이 글을 읽고 계신 분들께 하고 싶은 말은?

51. 가장 큰 고민은?

52. 자신이 약해 보일 때는 언제인가?

53. 애인에게 차이지 않는 자신만의 노하우가 있다면?

54. 사람을 평가하는 3가지 기준은?

55. 학창시절 성적은?

56. 자신이 바보 같이 느껴질 때는 언제인가?

57. 휴대폰 액정에 있는 말은?

58. 휴대폰 요금은 어느 정도?

59. 가보고 싶은 나라는?

60. 가장 좋아하는 TV 프로는?

61. 진짜 짜증났던 영화는?

62. 감명 깊었던 영화는?

63. 가장 최근에 본 영화는?

64. 영화 한 편만 추천한다면?

65. 영화 속의 인물이 된다면 어느 영화의 누가 되고 싶은가?

66. 동호회는 몇 개 정도 가입했나?

67. 제일 많이 접촉하는 동호회는?

68. 지금 활동하는 카페(카카오스토리나 밴드 포함)에 대한
    느낌은?

69. 동호회장에게 한 마디 한다면?

70. 사랑하는 사람을 위해 다른 사람과 결혼할 수 있다고
    보는가?

71. 부모님이 결혼을 반대하면?

72. 자신에게 바람기가 있다고 생각되나?

73. 아침 기상 시간은?

74. 저녁 취침 시간은?

75. 처음 본 사람이 연락처를 달라고 한다면?

76. 소개팅을 했는데 진짜 맘에 들면?

77. 사귀어 보고 싶은 연예인?

78. 미래에 자녀는 몇 명(기혼자는 총 몇 명 정도를 예상하는지)?

79. 정말 이거 하나만은 잘하고 싶다?

80. 10년 후에 나는 뭐하고 있을까?

81. 현재 부러운 것이 있다면?

82. 인터넷상에서 자주 쓰는 말투는?

83. 일어나서 제일 먼저 하는 일은?

84. 지금 10억 원이 생긴다면?

85. 투명인간이 된다면?

86. 가장 라이브를 잘 한다고 생각하는 가수는?

87. 왜 노래를 하는지 죽어도 모르겠다 싶은 가수는?

88. 가장 꼴불견인 남자는?

89. 가장 꼴불견인 여자는?

90. 사랑하는 사람이 있지만 더 좋은 사람을 만난다면?

91. 헤어진 사람과 우연히 만난다면?

92. 이 세상에서 가장 소중한 것은?

93. 인터넷에 접속하면 가장 먼저 하는 것은?

94. 인터넷상에서 가장 황당했던 일은?

95. 잠이 안 올 때는 어떻게 하나?

96. 전생이 있다면 나는 뭐였을까?

97. 다시 태어난다면?

98. 이 앙케트를 쓰고 나서 할 일은?

99. 지금까지 얼마나 솔직했나?

100. 마지막으로 하고 싶은 말은?

엉뚱한 질문도 있고 말도 안 되는 질문도 있지만 심심풀이로 시간 날 때 적어 보자. 나도 우연찮게 10년 전에 이 앙케트를 작성했는데 다시 보니 감회가 새로웠다. 여러분도 한 번 작성해보시고 훗날 여러분의 책(이 책)을 다시 한 번 보시길……

책을 마무리하며

제가 책을 펴낸 이유는 중간 중간에 간간이 피력이 되었습니다. 우리가 성공을 하기 위해, 인생을 즐기기 위해, 우리의 마음가짐과 실천, 글을 읽어 스스로와 결부시킴으로써 성공에 다가갈 수 있고 즐기는 인생에 가까워질 수 있지 않나 생각해 봅니다. 그리고 의식을 바꿔 보시길. 글이나 지식에 대해 부족한 저의 글을 읽어 주심에 감사드립니다.

여러분! 사는, 사는 인생 되시기 바랍니다.

우주의 먼지가 여러분께